Geisterstunde und Kürbisfratzen- Gruselgeschichten zu Halloween

Alina Nayyar

Ihr findet in diesem Buch über 30 Halloween-Kurzgeschichten. Am Ende des Buches findet ihr eine Herbst Bucket List & viele Ideen für das perfekte Halloween.

Habt ganz viel Spaß beim Gruseln.

Bibliografische Information der Deutschen Nationalbibliothek: Die Deutsche Nationalbibliothek verzeichnet diese Publikation in der Deutschen Nationalbibliografie; detaillierte bibliografische Daten sind im Internet über dnb.dnb.de abrufbar.

Instagram: alinascozylife

Verlag: BoD · Books on Demand GmbH, Überseering 33, 22297 Hamburg, bod@bod.de

Druck: Libri Plureos GmbH, Friedensallee 273, 22763 Hamburg

ISBN: 978-3-8192-0751-8

Hinweis: Dieser Roman enthält fiktive Personen, Handlungen und Orte. Jegliche Ähnlichkeiten mit realen Personen, lebendig oder verstorben, sind rein zufällig. Die Ereignisse und Situationen, die im Buch beschrieben werden, sind reine Produkte der Fantasie des Autors/der Autorin. Die Verwendung von realen Ortsnamen oder historischen Referenzen dient lediglich dem Zweck der atmosphärischen Gestaltung und sollte nicht als Verbindung zu tatsächlichen Ereignissen oder Orten betrachtet werden. In diesem Buch soll nichts romantisiert werden. Es geht darum, dass jeder Konflikt mit Frieden enden sollte und Krieg niemals die Lösung ist.

Playlist

- Michael Jackson - Thriller
- Bobby "Boris" Pickett - Monster Mash
- Rockwell - Somebody's Watching Me
- Ray Parker Jr. - Ghostbusters
- The Cranberries - Zombie
- DJ Jazzy Jeff & The Fresh Prince - A Nightmare on My Street
- The Specials - Ghost Town
- The Nightmare Before Christmas - This Is Halloween

Für alle die Halloween genauso
lieben und in dieser gruseligen Zeit
ganz viel Freude & Ruhe finden.

Das Flüstern im Wald

Es war Halloweenabend, als sich vier Freunde – Lisa, Max, Timo und Jana – entschieden, eine verlassene Waldhütte tief im Finsterforst aufzusuchen. Eine Mutprobe, wie sie sagten. Die Hütte war alt, morsch und seit Jahren unbewohnt. Die Dorfbewohner erzählten sich Geschichten über ein Mädchen, das dort einst gelebt hatte – und nie zurückkam.

„Bloß ein Aberglaube", lachte Max, als sie die knarrende Tür aufstießen.

Im Inneren roch es nach feuchtem Holz und Moder. Die Wände waren mit seltsamen Symbolen bedeckt – eingeritzt, als hätte jemand sie verzweifelt in die Dielen gekratzt. Jana fröstelte. „Das ist krank", flüsterte sie, doch die anderen wollten sich nicht einschüchtern lassen.

Als sie sich setzten, um ein paar Gruselgeschichten zu erzählen, wurde es schlagartig still im Wald. Kein Wind, kein Rascheln – nur Stille.

Dann hörten sie es.

Ein Flüstern. Kaum hörbar. Erst dachte Lisa, sie hätte es sich eingebildet. Doch dann kam es wieder.

„Geh... nicht..."

Max sprang auf. „Wer war das?!", rief er. Doch keiner antwortete.

Das Flüstern kam näher – aus den Wänden, aus dem Boden, aus der Dunkelheit. Kerzen flackerten. Dann erloschen sie.

Plötzlich schrie Timo auf. Blut sickerte aus seinem Ohr. „Etwas ist... in meinem Kopf!", stammelte er, bevor er zu Boden sank und sich krümmte.

Die anderen packte Panik. Jana rannte zur Tür – verriegelt. Von innen. Max schlug dagegen, schrie, doch das Holz gab nicht nach. Lisa weinte leise, während das Flüstern jetzt laut und fordernd wurde:

„Ihr... habt... sie... geweckt..."

Ein eiskalter Luftzug fegte durch die Hütte. Aus einer dunklen Ecke kroch eine Gestalt hervor. Klein. Zerzaust. Augenlos.

Ein Kind.

Das verlorene Mädchen.

Sie öffnete den Mund – viel zu weit. Aus ihm kam nur ein einziger Laut: ein markerschütterndes Kreischen, das die Freunde zu Boden zwang. Die Luft wurde schwer. Schwarz. Still.

Am nächsten Morgen fanden Förster die Hütte.

Leer.

Nur vier eingeritzte Namen in der Wand.

Und eine fünfte Stimme, die seither im Wind flüstert, wenn jemand zu nahe an die Hütte kommt:

„Bleib... bei... mir...“

Drei Tage vergingen. Niemand hatte die vier Jugendlichen gesehen. Die Polizei durchkämmte den Finsterforst, doch die Hütte war leer, ohne Spuren von Kampf – nur diese seltsamen Kratzsymbole an den Wänden und die vier Namen, eingeritzt wie mit bloßen Fingernägeln.

Aber das war nicht das Seltsamste.

In der Nacht nach dem Fund meldete sich ein Förster, der dabei geholfen hatte, das Gebiet zu durchsuchen. Er war bleich, zitterte und starrte ins Leere. Immer wieder murmelte er:

„Da... war noch jemand... nicht menschlich... Augen... so viele Augen...“

Er schnitt sich die Ohren ab, bevor er in eine psychiatrische Klinik eingeliefert wurde.

Lisa erwachte.

Nicht in einem Bett. Nicht einmal in einem Raum.

Um sie herum: Dunkelheit. Erdiger Boden. Sie lag in einer Art Tunnel, eng und feucht. Ihre Hände waren blutig, als hätte sie sich durch Erde gekratzt. Sie konnte sich kaum bewegen.

„Geh nicht... bleib...“

Die Stimme war da. Wieder. Doch jetzt war sie in ihrem Kopf. Jedes Wort hallte, kratzte, biss in ihr Bewusstsein.

Sie robbte nach vorne. Ihre Finger stießen gegen etwas Kaltes.

Ein Gesicht.

Weiß. Tot. Die leeren Augenhöhlen von Timo starrten sie an.

Sie schrie, doch kein Ton kam heraus.

Max erwachte in einer Hütte. Nicht *der* Hütte. Eine andere – viel älter. Alles war aus Knochen. Der Tisch bestand aus menschlichen Wirbeln, an den Wänden hingen Hautfetzen mit eingeritzten Symbolen. Er war allein. Dachte er.

Dann hörte er ein Kratzen.

Nicht an der Wand. In ihm.

Sein linker Arm zuckte. Er zog den Ärmel hoch.

Unter seiner Haut – etwas bewegte sich.

In der echten Welt, im Dorf, fingen Kinder an, zu flüstern. Immer dieselben Worte, im Chor, egal ob auf dem Spielplatz, im Klassenzimmer oder allein in ihrem Bett:

„Sie kommt. Sie kommt nicht allein."

Eltern fanden ihre Kinder schlafwandelnd, mit aufgeschlitzten Handflächen, in die dieselben Symbole geritzt waren wie in der Hütte.

Die Polizei schloss den Wald. Doch es war zu spät.

Ein Jäger fand mitten im Forst eine neue Hütte, die dort nie gewesen war.

An der Tür: fünf Handabdrücke. Blutig. Frisch.

Und über der Schwelle, eingeritzt:

„Ihr habt sie geweckt. Jetzt ist sie hungrig."

Die neue Hütte war kein Bauwerk aus Holz.

Sie atmete.

Der Jäger, der sie zuerst gefunden hatte, kam nie zurück. Nur sein Funkgerät sendete noch. Immer wieder, im Abstand von genau sechs Minuten:

„Sie kriecht. Sie kriecht. Sie ist aus Schatten. Sie ist in mir."

Die Dorfbewohner wussten nun: Das war kein Fluch.

Es war eine Geburt.

Etwas Altes hatte sich erhoben – erwacht durch das, was die vier Freunde in jener Nacht geöffnet hatten. Eine Schwelle. Ein Riss. In der Realität.

Max spürte es.

Er lebte noch, irgendwie. Aber nicht mehr ganz. Sein Körper wurde hohl. Von innen heraus. Und sie... ES sprach mit ihm:

„Du bist mein Mund. Du wirst mich rufen.“

Max' Kiefer begann zu knacken, seine Lippen rissen ein. Etwas – dunkel, pulsierend – wuchs aus seinem Hals, wimmerte wie ein hungriges Tier, öffnete sich, zeigte Zähne.

Er   schrie   nicht   mehr.
Er sang.

Ein Lied aus uralten Silben, die kein Mensch verstehen sollte.

Lisa irrte noch immer in den unterirdischen Gängen. Sie hatte inzwischen alle gefunden.

Timo. Jana. Und den Teil von sich, den sie verloren hatte.

Doch die Gänge veränderten sich. Wurden... lebendig. Pulsierende Wände, schleimige Atemzüge. Das Flüstern war jetzt Gebrüll.

Dann, eines Nachts, kroch ein Licht auf sie zu. Bläulich, zuckend – eine Laterne.

Getragen von einem Mädchen ohne Gesicht.

Lisa wollte schreien, doch das Mädchen hob die Laterne – und flüsterte ohne Mund:

„Du bist jetzt wie ich. Komm. Hilf mir sammeln.“

In der Oberwelt wurden die Träume schlimmer.

Jeder im Dorf träumte von derselben Tür – einer Tür aus Zähnen – die sich langsam öffnete. Dahinter: das Kind. Augenlos, aber sehend. Flüsternd, aber laut.

Ein Priester kam, um den Ort zu segnen.

Er trat in den Finsterforst. Und kam zurück – brennend.

„Es ist kein Dämon“, rief er, bevor sein Herz explodierte. „Es ist älter als Gott.“

Dann verschwand das Dorf.

Nicht brennend, nicht flutend.
Einfach still.
Einfach leer.

Wer heute dort hingeht, findet nur noch Wind.
Und Flüstern.

Und an einem Baum, ganz in der Nähe der neuen Hütte,
hängt ein Zettel – aus alter, grauer Haut – mit blutiger
Schrift:

„Du liest das?
Dann bist du schon Teil von ihr.“

Kürbisnacht: Das Erwachen

Es war der Abend vor Halloween, als sich eine Gruppe von fünf Jugendlichen – Emma, Jonas, Lena, Max und Sophie – auf den Weg zum alten, verlassenen Bauernhof am Rande ihrer Kleinstadt machte. Die Legende besagte, dass in dieser Nacht die Kürbisse auf mysteriöse Weise zu leuchten begannen. Neugierig und voller Abenteuerlust beschlossen sie, das Phänomen zu erforschen.

Der Bauernhof war seit Jahrzehnten unbewohnt und von dichtem Gestrüpp überwuchert. Die Fenster waren zerbrochen, das Dach teilweise eingestürzt und die Felder verwildert. Trotz der unheimlichen Atmosphäre schritten die Freunde mutig voran, bewaffnet mit Taschenlampen und Schlafsäcken.

„Ich kann es kaum erwarten, das mit eigenen Augen zu sehen", sagte Jonas aufgeregt, als sie die letzten Meter zum Bauernhof zurücklegten.

„Ja, wenn es stimmt, wird das der beste Halloween-Vorabend aller Zeiten", fügte Max hinzu.

„Ich hoffe nur, es ist nicht zu gruselig", murmelte Lena und sah sich nervös um.

„Komm schon, Lena, ein bisschen Grusel gehört doch dazu", lachte Sophie und schob sie sanft vorwärts.

Emma, die die Gruppe anführte, blieb stehen und deutete auf die Silhouette des alten Bauernhauses, das im schwachen Mondlicht auftauchte. „Da sind wir", sagte sie. „Lasst uns nachsehen, ob die Legende wahr ist."

Sie betraten das Gelände und folgten einem schmalen Pfad, der zu den überwucherten Feldern führte. Bald schon bemerkten sie das erste Flackern in der Dunkelheit.

"Es ist wirklich gruselig hier", murmelte Lena und trat näher an Max heran.

"Genau deshalb sind wir hier", erwiderte er lächelnd, obwohl auch ihm ein Schauer über den Rücken lief.

Die Sonne ging unter und tauchte die Landschaft in ein blutrotes Licht. Bald darauf begann das erste Flackern in den Kürbisfeldern. Kleine, orangefarbene Lichter leuchteten in der Dunkelheit auf, als hätten die Kürbisse ihre eigenen inneren Flammen.

Sophie sieht ein Flackern in der Nähe.

„Seht ihr das?", flüsterte Sophie und deutete auf die Felder, wo die ersten Kürbisse zu leuchten begannen.

„Wow, das ist unglaublich!", rief Max begeistert.

„Es ist fast so, als ob die Kürbisse lebendig wären", sagte Jonas und ging näher heran.

„Vielleicht sollten wir uns aufteilen und die Felder durchsuchen“, schlug Emma vor. „Aber bleibt in der Nähe. Wir wissen nicht, was hier vor sich geht.“

Die Gruppe teilte sich auf, und jeder von ihnen durchstreifte einen anderen Teil des Feldes.

Lena und Jonas und Emma bildeten eine Gruppe. Während Sophie und Max sich zusammengetan haben. Die erste Gruppe ging rechtsherum und verschwanden damit hinter das alte Bauernhaus.

Plötzlich hörte Lena ein leises Flüstern.

„Habt ihr das gehört?“, fragte sie ängstlich und drehte sich um.

„Was meinst du?“, fragte Jonas.

„Da war ein Flüstern. Es klang fast so, als ob jemand meinen Namen rufen würde“, antwortete Lena zitternd.

„Vielleicht war es nur der Wind“, sagte Jonas beruhigend. „Lass uns weitergehen.“

Doch das Flüstern wurde lauter und deutlicher. „Helft uns... Frieden finden... Unerledigte Mission...“

„Das war kein Wind“, sagte Emma entschlossen. „Das kommt von den Kürbissen. Wir müssen herausfinden, was sie wollen.“

Plötzlich erschien eine durchsichtige Gestalt vor ihnen – der Geist eines alten Mannes. „Willkommen“, sagte er mit einer tiefen, heiseren Stimme. „Ihr seid die Auserwählten, die uns erlösen können.“

„Wer bist du?“, fragte Emma zögernd.

„Ich bin der Geist des Bauern, der einst hier lebte“, erklärte er. „Unsere Seelen sind in den Kürbissen gefangen, weil wir eine wichtige Ernte verloren haben. Ihr müsst unsere letzte Mission erfüllen, damit wir Frieden finden können.“

„Wie können wir euch helfen?“, fragte Jonas mutig.

Die anderen zwei – Max und Sophie, bekommen davon rein gar nichts mit. Sie haben sich weit entfernt von ihren Freunden und sind dabei das Feld zu durchforsten.

"Was denkst du, was das verursacht?", fragte Max Sophie, während er einen der Kürbisse näher betrachtete.

"Vielleicht sind es irgendwelche biolumineszenten Pilze oder Bakterien?", spekulierte Sophie, die in der Schule stets die besten Noten in Biologie hatte.

Doch ihre wissenschaftliche Erklärung schien nicht zu passen, als plötzlich ein Flüstern die Luft erfüllte. Es klang wie Stimmen, die durch das Rascheln der Blätter getragen wurden. Die Jugendlichen erstarrten, als die Stimmen deutlicher wurden und Worte formten.

"Helft uns... Frieden finden... Unerledigte Mission..."

"Hast du das gehört?", flüsterte Max nervös.

"Es kommt aus den Kürbissen", stellte Sophie mit weit aufgerissenen Augen fest.

Plötzlich hören sie ein lautes Rascheln im Maisfeld neben sich.

Max und Sophie schreien gleichzeitig auf und drehen sich abrupt in die Richtung, aus der die Geräusche kamen.

Entwarnung- vor ihnen stehen Emma, Lena und Jonas.

Max fasst sich an die Brust und spürt sein Herz schneller schlagen. „Oh Gott, Leute, spinnt ihr eigentlich?"

„Ihr könnt euch doch nicht so anschleichen", ergänzte Sophie.

„Tut uns leid. Aber ihr solltet euch da was ansehen.", sagte Jonas.

Jonas, Lena und Emma führen Max und Sophie zu der Stelle, wo der leuchtende Kürbis mit ihnen gesprochen und um ihre Hilfe gebeten hatte.

Max und Sophie konnten nicht glauben was sie da hörten und sahen.

Emma ergriff das Wort und wandte sich an den Kürbis.

"Was ist eure Aufgabe?"

Der Geist erzählte ihnen von einer verlorenen Ernte, die vor vielen Jahren durch einen Brand zerstört wurde. Diese Ernte war für die Dorfbewohner überlebenswichtig gewesen, und ohne sie mussten viele hungern. Die Seelen der Bauern waren durch Schuld und Trauer gebunden worden.

"Wir müssen die verlorene Ernte wiederfinden und den Dorfbewohnern zurückgeben", erklärte der Geist.

Die Jugendlichen überlegten fieberhaft. "Wie sollen wir das anstellen?", fragte Jonas.

"Im Keller des Hauses gibt es eine Truhe mit Samen und Anweisungen. Wenn ihr die Samen pflanzt und eine symbolische Ernte zusammentragt, werden wir erlöst", sagte der Geist.

Gemeinsam begaben sie sich in den finsteren Keller des alten Hauses, wo sie tatsächlich eine alte Truhe fanden. Darin lagen sorgfältig verpackte Samen und ein altes Tagebuch mit Anweisungen. Sie verbrachten die ganze Nacht damit, die Samen in den fruchtbaren Boden zu setzen und symbolisch eine kleine Ernte zusammenzutragen.

Kurz vor Sonnenaufgang beendeten sie ihre Arbeit. Als die ersten Strahlen der Morgensonne den Horizont erhellten, begannen die Kürbisse zu verblassen und die Geister, einschließlich des alten Bauern, erschienen vor ihnen.

"Danke", flüsterte der Geist des Bauern, bevor er zusammen mit den anderen in einem goldenen Lichtstrahl verschwand.

Die Jugendlichen sahen sich schweigend an, erschöpft, aber auch erleichtert. Sie hatten den Geistern geholfen, Frieden zu finden, und das Geheimnis der Kürbisnacht gelüftet.

Als sie den Hof verließen, wusste jeder von ihnen, dass sie diese Nacht niemals vergessen würden.

Der Kürbisflüsterer

In den nebelverhangenen Hügeln von Hallows End, weit
abseits der ausgetretenen Pfade und umgeben von
undurchdringlichen Wäldern, liegt ein Dorf, das seit
Jahrhunderten von Geheimnissen und Legenden
umwoben ist. Die Häuser in Hallows End sind aus grauem
Stein und haben schräge, mit Efeu bewachsene Dächer,
die im Licht des Vollmonds gespenstisch wirken. Die
Straßen sind eng und winden sich zwischen den alten,
knorrigen Bäumen hindurch, die ihre Äste wie knochige
Finger gen Himmel strecken.

In der Mitte des Dorfes erhebt sich eine uralte Kirche,
deren verwitterter Turm sich über die Nebelschwaden
erhebt. Die Kirchenglocken läuten zu unerwarteten Zeiten
und lassen die Dorfbewohner zusammenzucken, während
sie sich an ihre alten Legenden erinnern. Die Friedhöfe
um die Kirche herum sind von verwitterten Grabsteinen
gesäumt, auf denen kaum noch lesbare Inschriften die
Namen längst verstorbener Bewohner tragen.

Die Bewohner von Hallows End sind ein eigenartiges
Volk, das tief in den Traditionen und Ritualen ihrer
Vorfahren verwurzelt ist. Sie glauben an Geister, Hexerei
und alte Mächte, die das Schicksal des Dorfes lenken.
Jedes Jahr, wenn der Herbst in seine dunkelste Phase tritt
und die Nebel über die Hügel ziehen, erwachen die
Legenden zum Leben. Ein uraltes Erntedankfest, das tief
in die Vorzeit des Dorfes zurückreicht, wird gefeiert. Die
Straßen sind mit Laternen aus Kürbissen beleuchtet, die
gruselige Gesichter tragen und das Licht der Kerzen
scheint den Schatten zu leben.

Die Geschichten erzählen von einem geheimnisvollen Wanderer, der als einziger den Weg zu den verborgenen Quellen der Macht kennt, die in den Wäldern um Hallows End ruhen. Es wird gemunkelt, dass die Bäume des Waldes nachts zum Leben erwachen und mit flüsternden Stimmen die Wanderer locken, um sie für immer in ihren Schatten gefangen zu halten.

Die Legenden von Hallows End sind so tief verwurzelt, dass die Dorfbewohner sie als Teil ihres täglichen Lebens akzeptieren. Sie hüten ihre Geheimnisse und warnen Fremde davor, die alten Mauern und versteckten Pfade des Dorfes zu betreten. Denn wer in Hallows End nach Antworten sucht, kann leicht in den Bann der alten Mächte geraten, die dort seit Jahrhunderten lauern.

Das Dorf Hallows End ist ein Ort der Dunkelheit und der Geheimnisse, wo die Grenzen zwischen Realität und Mythos verschwimmen. Ein Ort, der für diejenigen, die sich hineinwagen, eine faszinierende, aber auch gefährliche Reise durch die Schatten der Vergangenheit und die Geheimnisse der Gegenwart verspricht.

Am Rande des dichten Waldes von Hallows End lebte ein Mann namens Benjamin, bekannt als der Kürbisflüsterer. Er war eine einsame Figur, die selten in die Stadt kam und für seine ungewöhnliche Gabe bekannt war: Er konnte mit Kürbissen kommunizieren. Die meisten Leute hielten ihn für einen seltsamen Kauz, doch insgeheim bewunderten sie seine Fähigkeit, die besten und schönsten Kürbisse der Region zu züchten.

Sarah McKinley war eine Polizistin mit einer Aura der Entschlossenheit und einer tiefen Verbundenheit zu ihrer kleinen Stadt Hallows End. Sie war von mittlerer Größe, hatte kurzes, dunkles Haar und Augen, die manchmal so intensiv blau waren wie der klare Himmel über den Hügeln des Dorfes. Ihr Gesicht trug oft eine ernste Miene, die von Jahren harter Arbeit und unzähligen Fällen zeugte, die sie gelöst hatte.

Sarahs Uniform war stets makellos und zeugte von ihrer Hingabe zur Ordnung und zur Pflichterfüllung. Auf ihrem Brustabzeichen prangte der Name "Hallows End Police Department", das sie mit Stolz trug. Ihre Stimme war fest und sicher, wenn sie Befehle erteilte, und zugleich sanft, wenn sie mit den Bewohnern des Dorfes sprach, von denen viele sie seit ihrer Kindheit kannten.

Ihre Herangehensweise an die Polizeiarbeit war methodisch und analytisch. Sie war bekannt für ihre Fähigkeit, Details zu erkennen, die anderen entgangen waren, und für ihre Bereitschaft, in gefährliche Situationen einzutreten, um die Bewohner von Hallows End zu schützen. Sarah hatte eine tiefe Achtung vor den alten Traditionen und Legenden des Dorfes, obwohl sie als Polizistin oft mit rationaler Skepsis an die mysteriösen Vorfälle heranging, die Hallows End umgaben.

In ihrer Freizeit konnte man Sarah oft bei einem Spaziergang durch die nebligen Straßen des Dorfes finden, während sie nach Hinweisen oder ungewöhnlichen Vorkommnissen Ausschau hielt. Sie war eine Einzelgängerin, die es vorzog, ihre Gedanken und Überlegungen für sich zu behalten, aber dennoch war sie immer bereit, mit ihren Kollegen zusammenzuarbeiten, um eine Lösung für die seltsamen Ereignisse zu finden, die Hallows End heimsuchten.

Sarah McKinley war nicht nur eine Polizistin, sondern auch eine Beschützerin und eine Bewahrerin der Traditionen ihres Heimatdorfes. Sie war fest entschlossen, die Geheimnisse von Hallows End zu bewahren und gleichzeitig Licht in die Dunkelheit zu bringen, die das Dorf umgab. Ihre Geschichte war eng mit der Geschichte des Dorfes verwoben, und sie würde alles tun, um seine Bewohner vor dem Unbekannten zu schützen, das in den Schatten lauerte.

Eines Morgens, kurz vor Halloween, klopfte die skeptische Polizistin Sarah McKinley an seine Tür. Seltsame Vorfälle hatten die Stadt erschüttert: verschwundene Tiere, unerklärliche Geräusche und das plötzliche Auftauchen von riesigen, bedrohlich aussehenden Kürbissen in Vorgärten.

„Mr. Benjamin, die Stadt braucht Ihre Hilfe", begann Sarah, als sie Benjamin in seinem Garten antraf, wie er liebevoll einen riesigen Kürbis polierte.

Benjamin blickte auf und lächelte sanft. „Und wie kann ein einfacher Kürbisflüsterer der Stadt helfen?"

„Diese Vorfälle… es scheint, als hätten die Kürbisse etwas damit zu tun", erklärte Sarah zögernd. „Ich weiß, es klingt verrückt, aber wir müssen herausfinden, was hier vor sich geht."

Benjamin nickte. „Nun gut, wenn die Kürbisse reden wollen, werde ich zuhören."

Zusammen begaben sie sich in die Stadt, wo die seltsamen Kürbisse wucherten. Benjamin legte seine Hand auf einen besonders großen Kürbis und schloss die Augen. Ein tiefes Murmeln erfüllte die Luft, als ob der Kürbis zu ihm sprach.

„Sie sagen, dass jemand die alten Rituale missbraucht", sagte Benjamin schließlich. „Jemand versucht, die Macht der Kürbisse zu entfesseln, um die Stadt zu kontrollieren."

Sarah runzelte die Stirn. „Alte Rituale? Was für Rituale?"

„Die Bewohner von Hallows End haben einst eine tiefe Verbindung zu diesen Pflanzen gehabt", erklärte Benjamin. „Die Kürbisse waren ein Symbol der Fruchtbarkeit und des Schutzes. Doch diese Magie wurde irgendwann vergessen. Es scheint, dass jemand die alten Schriften gefunden und die Rituale wiederbelebt hat – auf dunkle Weise."

„Wer könnte das tun?", fragte Sarah ungläubig.

„Jemand, der die Macht der Kürbisse für sich nutzen will", sagte Benjamin ernst. „Wir müssen herausfinden, wer dahintersteckt."

Gemeinsam suchten sie nach Hinweisen und befragten die älteren Einwohner der Stadt. Sie besuchten das lokale Archiv, wo sie alte Dokumente und Tagebücher durchforsteten. Schließlich führte sie ihre Suche zu einem alten Mann namens Mr. Caldwell, einem ehemaligen Historiker, der für seine Besessenheit von der Geschichte der Stadt bekannt war.

„Ich habe nichts Unrechtes getan!“, protestierte Caldwell, als Sarah und Benjamin in sein Haus stürmten.

„Wir wissen, dass Sie die Rituale wiederbelebt haben“, sagte Benjamin ruhig. „Warum?“

„Die Stadt hat mich nie respektiert!“, rief Caldwell. „Sie haben mich ausgelacht, mich ignoriert! Ich wollte ihnen zeigen, dass die alten Traditionen Macht haben, dass ich Macht habe!“

„Aber zu welchem Preis?“, fragte Sarah. „Du hast das Leben der Menschen in Gefahr gebracht.“

„Es war nie meine Absicht, jemanden zu verletzen“, murmelte Caldwell. „Ich wollte nur ihre Aufmerksamkeit.“

Benjamin trat näher und legte eine Hand auf Caldwells Schulter. „Es ist noch nicht zu spät, es wiedergutzumachen. Hilf uns, die Rituale rückgängig zu machen.“

Mit Caldwells Hilfe führten sie in der Nacht vor Halloween ein Gegengift-Ritual durch. Sie sammelten die notwendigen Zutaten: alte Kräuter, spezielle Kürbissamen und geheime Beschwörungsformeln, die Benjamin von den

Kürbissen gelernt hatte. Die Vorbereitungen dauerten Stunden, und die Spannung war greifbar.

Das Haus war gefüllt mit einer Mischung aus Kräuterdüften und dem schwachen Glühen von Kerzenlichtern, die in einer kreisförmigen Formation um den zentralen Punkt des Rituals angeordnet waren. Auf einem alten Holztisch lagen die gesammelten Zutaten: getrocknete Blätter von Eibenkräutern, die nur im Herbst blühten und eine besondere Reinigungskraft besaßen; spezielle Kürbissamen, die in den tiefsten Wäldern von Hallows End gesammelt worden waren und über eine geheimnisvolle Aura verfügten; und ein altes Buch, das die geheimen Beschwörungsformeln enthielt, die Benjamin von den Kürbissen selbst gelernt hatte.

Die Vorbereitungen für das Ritual hatten Stunden gedauert. Benjamin, ein kundiger Sammler von alten Überlieferungen und Ritualen, hatte jede Zutat sorgfältig ausgewählt und ihre richtige Platzierung im Kreis gewährleistet. Sarah, mit ihrer ruhigen Entschlossenheit und ihrer tiefen Verbindung zu den mystischen Kräften, die Hallows End durchdrangen, hatte jeden Schritt des Prozesses mit Bedacht ausgeführt.

Die Spannung in der Luft war greifbar, als die Geschwister begannen, die alten Beschwörungen zu rezitieren, die in vergessenen Sprachen gesprochen wurden, die seit Jahrhunderten nicht mehr auf der Zunge der Lebenden gewesen waren. Das Kerzenlicht flackerte und die Schatten tanzten an den Wänden des Raumes, als die Energie des Rituals zu wirken begann.

Mit jeder Beschwörung, die Sarah und Benjamin aussprachen, spürten sie die Anwesenheit der alten

Mächte, die auf das Dorf Hallows End einst einen mysteriösen Einfluss ausgeübt hatten. Die Eibenblätter wurden zu einem berauschenden Duft, der den Raum erfüllte, und die Kürbissamen glühten schwach in der Dunkelheit, als ob sie die Anwesenheit der Wesen aus einer anderen Welt spürten.

Das Ritual dauerte Stunden, während Sarah und Benjamin die alten Mächte beschworen und um Erleuchtung und Schutz baten. Die Nacht schien sich zu dehnen, und der Nebel draußen wurde dichter, als ob die Welt um Hallows End herum ihre Atemzüge anhielt, um zu sehen, ob die Geschwister die Geister der Vergangenheit besänftigen konnten.

Schließlich, als der Morgenhimmel über den Hügeln von Hallows End zu erwachen begann und das Kerzenlicht langsam verblasste, spürten Sarah und Benjamin eine Erleichterung. Das Gegengift-Ritual war abgeschlossen. Die alten Kräfte, die das Dorf bedroht hatten, wurden zurückgedrängt, und ein Hauch von Frieden lag über dem Haus der McKinleys.

Das Gegengift-Ritual war nicht nur ein Akt der Verteidigung gegen das Unbekannte, sondern auch eine Feier der tiefen Bindung zwischen Sarah und Benjamin, die ihr Erbe und ihre Verantwortung für Hallows End ehren. Es war ein Moment der Einheit zwischen Vergangenheit und Gegenwart, der die Familie McKinley stärker denn je machte und ihre Verbindung zu ihrem geheimnisvollen Heimatdorf vertiefte.

„Wir haben nur diese eine Chance", sagte Benjamin ernst. „Wenn wir scheitern, wird die Macht der Kürbisse unkontrollierbar."

„Wir schaffen das", erwiderte Sarah entschlossen und legte ihre Hand auf seine.

Als Mitternacht näher rückte, begannen sie das Ritual auf einer Lichtung im Wald, umgeben von den magischen Kürbissen, die bedrohlich glühten. Benjamin sprach die alten Worte, und Caldwell streute die Kräuter in die Luft. Sarah legte die Kürbissamen in die Mitte des Kreises und zündete sie an.

Ein plötzlicher Windstoß ließ die Bäume rauschen, und ein goldenes Licht erfüllte die Lichtung. Die bedrohlichen Kürbisse schrumpften und verloren ihre dunkle Macht, während die magische Energie sich auflöste.

Die Stadt erwachte am nächsten Morgen zu einem friedlichen, sonnigen Tag, und die seltsamen Vorfälle hörten auf. Die Bewohner von Hallows End waren erleichtert und dankbar, auch wenn die meisten die wahren Ereignisse nie ganz verstehen würden.

Sarah sah Benjamin an. „Du hast die Stadt gerettet. Vielleicht solltest du doch öfter in die Stadt kommen."

Benjamin lächelte. „Vielleicht. Aber meine Welt ist hier draußen, bei den Kürbissen. Sie brauchen jemanden, der ihnen zuhört."

Sarah nickte. „Vielleicht, aber die Stadt braucht auch jemanden wie dich."

Von diesem Tag an besuchte Benjamin häufiger die Stadt und erzählte den Menschen von den alten Traditionen und der Magie der Kürbisse. Er wurde nicht nur als der Kürbisflüsterer bekannt, sondern auch als der Mann, der Hallows End gerettet hatte. Und Sarah, die skeptische Polizistin, wurde zu seiner engsten Verbündeten und Freundin. Zusammen bewahrten sie das Gleichgewicht zwischen der Stadt und den magischen Kräften, die sie umgaben.

Das geheime Kürbisfest

Die Stadt Eldridge liegt eingebettet zwischen sanften Hügeln und ausgedehnten Wäldern, weit entfernt von der Hektik der modernen Welt. Die Architektur ist eine Mischung aus alten viktorianischen Gebäuden mit verzierten Balkonen und neueren, gut gepflegten Häusern mit pastellfarbenen Fassaden und sorgfältig gepflegten Vorgärten. Eldridge strahlt eine ruhige und friedliche Atmosphäre aus, die durch die langen, von Bäumen gesäumten Alleen und die geschichtsträchtigen Plätze verstärkt wird.

Ein zentraler Punkt von Eldridge ist der Marktplatz, wo lokale Bauern ihre frischen Erzeugnisse anbieten und Kunsthandwerker ihre handgefertigten Waren präsentieren. Hier treffen sich die Bewohner, um Neuigkeiten auszutauschen und die Gemeinschaft zu stärken. Die Kirche am Ende des Marktplatzes, ein imposantes Bauwerk aus grauem Stein mit hohen, gotischen Türmen und bunten Glasfenstern, dient nicht nur als spirituelles Zentrum, sondern auch als kultureller Treffpunkt für Veranstaltungen und Feiern.

Eldridge ist stolz auf seine reiche Geschichte, die in den kleinen Museen und Galerien der Stadt präsentiert wird. Historische Gebäude, wie das Rathaus mit seinem alten Glockenturm und das Herrenhaus eines ehemaligen Bürgermeisters, erzählen Geschichten vergangener Zeiten und geben Einblicke in das Leben der Menschen, die einst hier lebten.

Die Einwohner von Eldridge sind bekannt für ihre Gastfreundschaft und ihren Gemeinschaftssinn. Sie organisieren regelmäßig Festivals und Veranstaltungen, wie das jährliche Erntedankfest auf den Feldern außerhalb der Stadt, bei dem Einheimische und Besucher zusammenkommen, um die reiche Ernte und die Traditionen der Region zu feiern.

Obwohl Eldridge ein Ort der Ruhe und Harmonie zu sein scheint, verbirgt die Stadt auch Geheimnisse und Mysterien in den tiefen Wäldern, die sie umgeben. Geschichten über verborgene Schätze, verlorene Liebende und mysteriöse Ereignisse ranken sich um Eldridge und regen die Fantasie der Bewohner und Besucher gleichermaßen an.

In den Abendstunden, wenn der Himmel über Eldridge in tiefes Blau und Violett getaucht ist und die Laternen entlang der Straßen ein warmes Licht verbreiten, fühlt man sich in eine vergangene Ära versetzt. Eldridge ist nicht nur eine Stadt, sondern ein Ort der Zeitlosigkeit und der tiefen Verbundenheit mit der Natur und der Geschichte, der seine Besucher in seinen Bann zieht und sie immer wieder zurückkehren lässt, um seine Geheimnisse weiter zu erkunden.

In der kleinen Stadt Eldridge kursierten Gerüchte über das geheimnisvolle Halloween-Fest, das jedes Jahr von einem Fremden in einem abgelegenen Herrenhaus veranstaltet wurde. Nur wenige Auserwählte erhielten eine Einladung, und die Hauptattraktion des Festes waren die riesigen, kunstvoll geschnitzten Kürbisse, die den Garten des Herrenhauses schmückten.

Dieses Jahr gehörten Emma, Jonas, Lena, Max und Sophie zu den Glücklichen, die eine Einladung erhalten hatten. Aufgeregt und neugierig machten sie sich am

Abend des 31. Oktober auf den Weg zum Herrenhaus. Das Anwesen war prachtvoll, mit hohen Türmen und einem weitläufigen Garten, der von leuchtenden Kürbissen in allen Formen und Größen beleuchtet wurde. Jeder Kürbis war ein Kunstwerk für sich, geschnitzt mit unglaublichen Details und lebendig wirkenden Gesichtern. Das Herrenhaus in Eldridge ist ein majestätisches Gebäude, das an der Spitze eines sanften Hügels thront und über die umliegende Landschaft herrscht. Es wurde vor mehreren Jahrhunderten erbaut und ist ein herausragendes Beispiel für viktorianische Architektur mit gotischen Einflüssen. Das Gebäude ist aus grauem Stein gebaut, der im Licht der untergehenden Sonne einen silbrigen Glanz ausstrahlt, und es ist von weitläufigen Gärten und alten Bäumen umgeben, die dem Anwesen eine aura der Abgeschiedenheit und des Geheimnisses verleihen.

Das Herrenhaus ist groß und geräumig, mit mehreren Stockwerken und einem ausgedehnten Dachboden, der einst als Trockenraum für Kräuter und Kürbisse diente. Die Fassade ist von kunstvoll geschnitzten Erkern, verzierten Säulen und fein gearbeiteten Fensterrahmen geprägt, die von der Handwerkskunst vergangener Zeiten zeugen. Die Fenster sind oft mit farbigem Glas verziert, das in der Mittagssonne leuchtet und das Innere des Hauses in ein warmes, einladendes Licht taucht.

Im Inneren des Herrenhauses findet man hohe Decken mit kunstvollen Stuckverzierungen, elegante Treppen, die in die oberen Stockwerke führen, und große, mit Antiquitäten möblierte Zimmer, die von vergangenen Generationen von Bewohnern zeugen. Ein großer Kamin in einem der Salons, aus poliertem Marmor gefertigt, steht im Mittelpunkt eines Raumes, der mit schweren

Samtvorhängen und antiken Gemälden an den Wänden geschmückt ist.

Die Bibliothek des Herrenhauses ist ein besonderer Ort von besonderem Interesse. Hier stehen hohe Regale voller alter Bücher, von antiken Geschichtsschmieden bis hin zu vergessenen Zaubersprüchen. Ein großer Schreibtisch aus Eichenholz steht in der Mitte des Raumes, überladen mit Büchern über Hexenkunst und Alchemie, die die geheimen Künste und Riten derer enthalten, die das Herrenhaus vor Jahrhunderten bewohnten.

Die Gärten und Parkanlagen des Herrenhauses sind ebenso beeindruckend wie das Gebäude selbst. Weitläufige Rasenflächen werden von gepflegten Blumenbeeten und verwunschenen Wegen durchzogen, die zu alten Gartenteichen und Steinbrunnen führen. Hohe Hecken und alte Bäume sorgen für Privatsphäre und verleihen dem Herrenhaus eine mysteriöse, fast märchenhafte Atmosphäre.

"Das ist unglaublich", flüsterte Lena ehrfürchtig, als sie die Kürbisse betrachtete.

"Ja, wirklich beeindruckend", stimmte Max zu und machte ein Foto mit seinem Handy.

Der Gastgeber, ein Mann mittleren Alters mit blassem Teint und durchdringenden blauen Augen, begrüßte die Gäste am Eingang. "Willkommen zu meinem bescheidenen Fest. Ich bin Mr. Blackwood", sagte er mit einem geheimnisvollen Lächeln. "Ich hoffe, ihr genießt den Abend." Mr. Blackwood ist eine schattenhafte Figur, deren Erscheinung und Wesen von einem Hauch des

Mystischen umgeben sind. Er bewegt sich mit einer
unnatürlichen Anmut durch die Straßen von Eldridge,
immer im Dunkel der Nacht oder im Nebel verborgen, der
über die Hügel kriecht. Sein Äußeres ist von einem
geheimnisvollen Charme geprägt, der sowohl fasziniert
als auch beunruhigt.

Seine Gestalt ist groß und schlank, fast wie aus der Zeit
gefallen, mit einem Gesicht, das von tiefen Schatten
umgeben ist und in dem seine dunklen Augen wie
Glutnester leuchten können. Seine Kleidung ist von
altertümlicher Eleganz, oft gekleidet in einen langen,
schwarzen Mantel, der im Wind weht und seine Konturen
verschwimmen lässt. Unter seinem Mantel trägt er oft ein
Hemd aus dunklem Samt und eine Hose, die bis zu seinen
hochglänzenden, schwarzen Schuhen reicht.

Die Anwesenheit von Mr. Blackwood geht mit einer Aura
des Mysteriösen einher, die viele in Eldridge
gleichermaßen anzieht und verängstigt. Er spricht selten,
und wenn er spricht, sind seine Worte durchdringend und
voller Bedeutung, als ob er Geheimnisse kenne, die
niemand sonst zu verstehen vermag. Sein Blick scheint
die tiefsten Gedanken der Menschen zu durchdringen, und
oft scheint es, als ob er die Vergangenheit und die
Zukunft gleichermaßen überblickt.

Gerüchte und Legenden ranken sich um Mr. Blackwood.
Einige sagen, er sei ein Fremder aus fernen Ländern, der
nach Eldridge gekommen sei, um einen dunklen Pakt zu
erfüllen. Andere behaupten, er sei ein Zauberer oder ein
Magier, der über uralte Kräfte gebietet, die das Schicksal
der Stadt lenken können. Sein Name wird in Flüstertönen
ausgesprochen, und diejenigen, die ihn getroffen haben,
berichten von unerklärlichen Ereignissen und plötzlichen

Wendungen des Schicksals, die seiner Anwesenheit folgen.

Trotz seiner mysteriösen Aura ist Mr. Blackwood nicht vollständig abseits der Gemeinschaft von Eldridge. Er wird gelegentlich in den Gassen der Stadt gesehen, wie er über den Markt schlendert oder durch die Parks wandert. Einige wenige wagen es, ihn anzusprechen oder um Rat zu bitten, und manchmal gibt er Antworten, die in Rätseln sprechen und diejenigen, die ihm begegnen, weiter in seine mysteriöse Welt locken.

Für die Bewohner von Eldridge bleibt Mr. Blackwood eine Enigma, eine Gestalt zwischen Licht und Schatten, die das Geheimnis und die Magie der Stadt verkörpert. Seine Präsenz wirft Fragen auf und weckt die Neugier, aber auch die Vorsicht, denn niemand kann mit Sicherheit sagen, welchen Zweck er in Eldridge verfolgt und welche Rolle er in den unerklärlichen Ereignissen spielt, die die Stadt umgeben.

Die Gäste mischten sich unter die Menge, genossen die exquisiten Speisen und Getränke und bewunderten die kunstvollen Dekorationen. Auf dem Fest im Herrenhaus von Eldridge wurden exquisite Speisen und Getränke serviert, die die Gäste in eine Welt des Luxus und der Raffinesse entführten. Die lange Bankettafel war reich gedeckt mit einer Vielzahl von Köstlichkeiten, die die Gaumen verwöhnten und den Abend zu einem unvergesslichen Erlebnis machten. Diese festlichen Speisen und Getränke wurden sorgfältig ausgewählt, um die Gäste im Herrenhaus von Eldridge zu verwöhnen und sie in eine Atmosphäre voller Eleganz und Zauber einzutauchen, die zum unvergesslichen Höhepunkt des Abends wurde.

Die Halloween-Dekorationen auf dem Anwesen des Herrenhauses von Eldridge waren atemberaubend und verliehen der Atmosphäre eine mysteriöse und zugleich festliche Stimmung. Überall auf dem weitläufigen Gelände waren sorgfältig ausgewählte Elemente platziert, die die Besucher in eine Welt des Grusels und der Magie eintauchen ließen.

Entlang der Einfahrt und um die Veranda herum standen Dutzende von Kürbissen, kunstvoll geschnitzt mit Gesichtern von Hexen, Geistern und Fledermäusen. Ihre Kerzenflammen flackerten im Wind und warfen ein gespenstisches Licht auf die Umgebung.

Zwischen den Kürbissen waren Strohballen und Maiskolben aufgestellt, die dem Ambiente eines traditionellen Herbstfestes zusätzlichen Charme verliehen. Kunstvoll drapierte Spinnweben hingen an den Säulen und Fenstern des Herrenhauses. Skelette, teilweise in schaurigen Posen arrangiert, schienen aus den Schatten hervorzutreten und sorgten für einen zusätzlichen Gruselfaktor.

Die Bankettische im Hauptsaal waren mit herbstlichen Blumenarrangements geschmückt, die von roten Dahlien dominiert wurden. Zwischen den Blumen waren kleine Kürbisse und Ahornblätter verteilt.

An den Wänden des Hauptsaals und in den Ecken standen hohe Kerzenleuchter mit flackernden Kerzen, die das Zimmer in ein warmes, aber geheimnisvolles Licht tauchten. Draußen auf dem Anwesen flackerten Fackeln, die die Wege beleuchteten und den Weg zu den verschiedenen Veranstaltungsorten wiesen.

Laternen hingen von den Bäumen im Garten und spiegelten sich im Wasser des Teiches wider. Ihre orangefarbenen Glühbirnen warfen gespenstische Schatten auf die umliegenden Bäume und Sträucher.

Über den Garten verteilt waren hängende Hexenbesen aus Reisig und Stoff gefertigt, sowie schwarze Katzen aus Plüsch, die in den Bäumen saßen und die Besucher mit ihren funkelnden Augen beobachteten.

Auf den Tischen im Pavillon standen alte, staubige Zauberbücher und ein Hexenkessel, aus dem geheimnisvolle Dämpfe aufstiegen. Es wurde gemunkelt, dass sie den Gästen magische Getränke und Leckereien servierten.

Auf den Wegen und Steinen rund um den Pavillon waren geheimnisvolle Symbole und Runen in den Boden gemalt, die den Gästen das Gefühl gaben, in eine andere Welt einzutreten.

Die Halloween-Dekorationen auf dem Anwesen des Herrenhauses von Eldridge wurden mit großer Sorgfalt und Liebe zum Detail ausgewählt, um die Gäste in eine Atmosphäre der Magie und des Mysteriums zu versetzen. Jedes Element trug dazu bei, dass das Fest zu einem unvergesslichen Erlebnis wurde, das die Grenzen zwischen Realität und Fantasie verschwimmen ließ und die dunklen Geheimnisse der Nacht in den Vordergrund stellte.

Doch je später der Abend wurde, desto unheimlicher wurde die Stimmung. Plötzlich bemerkten die Freunde, dass einige der Gäste verschwunden waren.

"Hast du Mark gesehen? Er war doch eben noch hier", fragte Sophie beunruhigt.

"Nein, und auch Lisa und Tom sind weg", antwortete Jonas, während er sich umblickte.

Eine seltsame Stille legte sich über den Garten, und die Kürbisse schienen sie mit ihren leuchtenden Augen anzustarren. Ein mulmiges Gefühl breitete sich aus, als sie merkten, dass immer mehr Leute verschwanden.

"Wir müssen herausfinden, was hier vor sich geht", sagte Emma entschlossen. "Lasst uns nach Hinweisen suchen."

Sie teilten sich auf und durchsuchten das Herrenhaus und den Garten. Im Keller fanden sie ein altes Buch, das in einer unbekannten Sprache verfasst war, aber einige Seiten enthielten Zeichnungen, die den Kürbissen ähnelten. Neben dem Buch lag ein Tagebuch, das scheinbar Mr. Blackwood gehörte. Darin beschrieb er ein uraltes Ritual, das er jedes Jahr an Halloween durchführte, um die Seelen der Gäste in die Kürbisse zu bannen und so Unsterblichkeit zu erlangen.

"Er nutzt die Kürbisse, um die Seelen der Menschen zu fangen!", rief Jonas entsetzt.

"Wir müssen sofort hier raus", sagte Lena panisch.

Doch als sie die Treppe hinaufsteigen wollten, stand Mr. Blackwood im Weg. "Ihr habt zu viel gesehen", sagte er kalt. "Ihr werdet das Herrenhaus nicht lebend verlassen."

Die Freunde rannten in den Garten, doch die Kürbisse begannen plötzlich, sich zu bewegen. Ihre geschnitzten Gesichter verzerrten sich zu schrecklichen Grimassen, und sie rollten auf die Gruppe zu.

"Wir müssen das Ritual rückgängig machen", rief Emma. "Im Buch stand etwas von einem Gegenzauber."

Emma drückte sich an die kühle Wand eines langen Korridors, während sie versuchte, ihren Atem zu kontrollieren. Ihr Herz pochte laut in ihrer Brust, als sie den Klang entfernter Schritte vernahm. Jonas, der sich in einem verstaubten Ankleidezimmer versteckt hatte, spürte den Adrenalinschub, als er leise ein Knarren aus dem Flur hörte, das nahelegte, dass jemand die Treppe heraufkam.

Lena und Max hatten sich hinter einem schweren Samtvorhang im großen Salon positioniert. Ihr Atem vermischte sich in der Dunkelheit, während sie darauf warteten, dass die Gefahr vorüberging. Sophie hatte sich in einem Nebenraum versteckt, der voller antiker Möbel und Erbstücke war, deren Schatten unheimlich über sie hinwegglitten, als sie sich an die Stille anpasste.

Die Minuten dehnten sich wie Stunden aus, als die Freunde sich still verhielten, während sie darauf bedacht waren, keine Geräusche zu machen, die ihre Anwesenheit verraten könnten. Das Licht der wenigen Kerzen, die im Haus brannten, warf gespenstische Schatten an die Wände und ließ ihre Umgebung noch geheimnisvoller erscheinen.

Plötzlich hörten sie ein leises Knirschen von Treppenstufen, das näherkam. Emma und Jonas trafen sich mit einem Blick und pressten sich enger gegen ihre Verstecke. Lena und Max tauschten gedämpfte Worte aus, um sich gegenseitig zu beruhigen, während sie aufmerksam lauschten. Sophie hielt den Atem an, als sie die Schritte näherkommen hörte, und betete innerlich, dass sie nicht entdeckt werden würden.

Die Schritte näherten sich dem Salon, wo Lena und Max sich versteckten. Sie hielten den Atem an, als sie das Rascheln von Kleidung und das leise Murmeln von Mr. Blackwood hörten, der offenbar nach etwas suchte. Die Zeit schien stillzustehen, als sie darauf warteten, dass die Gefahr vorüberzog.

Schließlich hörten sie, wie die Schritte sich wieder entfernten, und ein erleichtertes Seufzen entkam den Freunden. Sie wagten es kaum zu atmen, während sie noch eine Weile in ihren Verstecken blieben, um sicherzustellen, dass Mr. Blackwood wirklich gegangen war.

Als die Stille des Herrenhauses zurückkehrte und die Gefahr vorüber war, trafen sich die Freunde vorsichtig in einem der Zimmer, um sich gegenseitig zu versichern, dass jeder unbeschadet geblieben war. Die Erleichterung darüber, dass sie unentdeckt geblieben waren, mischte sich mit der Faszination für die Geheimnisse, die das Herrenhaus von Eldridge umgaben, und sie wussten, dass die Nacht noch viele weitere mysteriöse Wendungen bereithalten könnte.

Schnell blätterte sie durch das Buch und fand die Seite mit dem Gegenzauber. Gemeinsam begannen sie, die Worte laut vorzulesen. Die Kürbisse hielten inne, und ein ohrenbetäubendes Kreischen erfüllte die Luft. Mr. Blackwood schrie vor Schmerz und fiel zu Boden, während die Seelen der gefangenen Gäste als Lichtkugeln aus den Kürbissen entkamen und in den Nachthimmel stiegen.

Der Spuk war vorbei. Die restlichen Gäste, die nicht in Kürbisse verwandelt worden waren, kehrten nach und nach zurück. Mr. Blackwood lag reglos am Boden, seine Macht gebrochen.

"Wir haben es geschafft", sagte Max erleichtert und nahm Emmas Hand.

"Lasst uns von hier verschwinden", fügte Jonas hinzu. "Dieser Ort wird für immer verflucht sein."

Nachdem die Freunde sich erfolgreich vor Mr. Blackwood im Herrenhaus von Eldridge versteckt hatten, entschieden sie sich schließlich, dass es an der Zeit war, das Anwesen zu verlassen. Die Spannung und das Gefühl der Dringlichkeit lagen schwer in der Luft, als sie leise durch die dunklen Korridore und Zimmer navigierten, um einen sicheren Weg nach draußen zu finden.

Emma führte die Gruppe an, ihren Weg durch die langen, schattenhaften Flure vorsichtig wählend. Die schwachen Lichter der Kerzen warfen unheimliche Schatten an die Wände, und das Knarren der alten Dielen unter ihren Füßen verstärkte das Gefühl der Gefahr. Jeder Schritt war

bedacht, um kein Geräusch zu verursachen, das ihre
Flucht verraten könnte.

Jonas, Lena, Max und Sophie folgten Emma eng, ihre
Blicke wachsam auf jede Bewegung oder jedes Geräusch
gerichtet. Die Angst vor der Entdeckung trieb sie an,
während sie sich durch die düsteren Hallen bewegten, die
nur vom fahlen Mondlicht durch die Fenster erhellt
wurden.

Plötzlich hörten sie ein leises Rascheln hinter sich. Ihre
Herzen schlugen schneller, als sie sich gleichzeitig
umdrehten, um zu sehen, ob sie verfolgt wurden. Doch es
war nur das Windspiel einer offenen Tür, das leise klirrte
und sie einen Moment lang in Atem hielt.

Weiter ging ihre Flucht, bis sie schließlich den Hauptflur
erreichten, der zum Eingang führte. Der massive
Eingangsbereich des Herrenhauses lag still und dunkel
vor ihnen. Der Gedanke, dass sie bald im Freien sein
würden, gab ihnen neue Energie.

Plötzlich hallte ein dumpfes Geräusch durch die Halle.
Sie hielten inne und lauschten gespannt. Es schien von der
Nähe des Eingangs zu kommen. Die Freunde tauschten
nervöse Blicke aus und beschleunigten dann ihre Schritte,
um den Ausgang zu erreichen.

Als sie endlich die große Eichentür erreichten, atmeten sie
erleichtert auf. Emma drückte vorsichtig den Türgriff
hinunter, während die anderen die Umgebung scharf im
Auge behielten. Die Tür öffnete sich langsam, knarrend
auf ihren Scharnieren, und enthüllte die nächtliche
Landschaft außerhalb des Herrenhauses.

Die kühle Herbstluft strömte ihnen entgegen, als sie das Anwesen endlich verließen. Ein Hauch von Erleichterung durchflutete die Freunde, als sie sich in die Dunkelheit des Waldes schlichen, weg von Eldridge und den Geheimnissen, die dort lauerten. Sie wussten, dass diese Nacht für immer in ihren Erinnerungen bleiben würde, als eine Nacht voller Gefahr, Abenteuer und der unvergesslichen Flucht aus dem verzauberten Herrenhaus.

Die Freunde verließen das Herrenhaus, und als sie zurück in die Stadt gingen, schworen sie, niemals über die Ereignisse dieser Nacht zu sprechen. Doch die Legende des geheimen Kürbisfestes lebte weiter, und jedes Jahr am Halloween schien das Herrenhaus erneut in mysteriösem Licht zu erstrahlen, als Erinnerung an die dunklen Geheimnisse, die dort verborgen waren.

Das Kürbis-Labyrinth

Im Herzen eines abgelegenen Waldes, wo die Bäume ihre Äste über Jahrhunderte hinweg zu einem undurchdringlichen Dach verflochten hatten, lag die alte Barnes-Farm. Die Barnes-Farm war seit Generationen bekannt für ihre riesigen Kürbisfelder und jedes Jahr lockte sie Besucher aus der Umgebung an, um das berühmte Kürbis-Labyrinth zu erkunden. Doch in diesem Herbst, als die Blätter begannen, ihre Farben zu wechseln und der Wind kühler wurde, sollte das Labyrinth mehr sein als nur eine touristische Attraktion.

Es war ein ruhiger Nachmittag im späten Oktober, als sich Sarah und Tom, ein junges Paar auf der Suche nach Abenteuer, auf den Weg zur Barnes-Farm machten. Die Gerüchte über das Kürbis-Labyrinth hatten sie neugierig gemacht, und sie sehnten sich danach, die saisonale Atmosphäre in vollen Zügen zu genießen. Als sie den verwitterten Holzzaun um das Gelände herum erreichten, spürten sie eine unerklärliche Spannung in der Luft, als würden die Kürbisse sie förmlich anziehen.

Das Labyrinth erstreckte sich vor ihnen wie ein grünes Meer aus dichten Reben und großen, leuchtend orangefarbenen Kürbissen, die in der Nachmittagssonne glänzten. Die Wege schienen sich unvorhersehbar zu winden, und die hohen Maiswände umgaben das Labyrinth wie eine undurchdringliche Mauer. Sarah und Tom tauschten aufgeregte Blicke aus, bevor sie sich entschlossen, sich mutig in das Labyrinth zu wagen.

Schon bald merkten sie, dass das Labyrinth lebendig war - fast wie ein Organismus, das sich um sie herumbewegte. Die Kürbisse schienen in den schmalen Gassen zu flüstern, als ob sie ihnen den Weg weisen wollten. Die Sonne begann langsam unterzugehen, und die Atmosphäre wurde zunehmend düster und geheimnisvoll.

Plötzlich, als sie eine scharfe Kurve nahmen, verschwand der Weg vor ihnen. An seiner Stelle öffnete sich ein dunkler Tunnel zwischen den Kürbisreihen, der wie ein geheimes Tor wirkte, das zu einer anderen Welt führte. Sarah spürte einen Schauer über ihren Rücken laufen, als sie Tom ansahen, dessen Augen vor Neugierde funkelten.

"Wir sollten reingehen", flüsterte Tom, und Sarah nickte zustimmend. Gemeinsam traten sie in den Tunnel ein, der sie tief in das Herz des Kürbis-Labyrinths führte. Die Luft roch nach Erde und Feuchtigkeit, und das Licht drang nur schwach durch die Ranken, die über ihren Köpfen hingen.

Nach einer Weile erreichten sie eine große Lichtung, in deren Mitte ein alter, verwitterter Brunnen stand, der von wildem Wein umrankt war. Um sie herum ragten die Kürbisse hoch auf, ihre Formen im Halbdunkel der Dämmerung wie groteske Schatten wirkend. Doch etwas fühlte sich anders an, als würde eine Präsenz sie beobachten - etwas Uraltes und Mächtiges, das tief im Labyrinth verborgen lag.

Plötzlich hörten sie ein leises Wispern, das wie ein Flüstern im Wind klang. "Ihr seid hier", murmelte eine Stimme, die aus dem Nichts zu kommen schien. Sarah und Tom wirbelten herum, doch es war niemand zu sehen. Das Flüstern verstummte genauso plötzlich, wie es begonnen hatte, und ließ sie mit einem Gefühl der Unruhe zurück.

Sie beschlossen, zurück zum Eingang des Labyrinths zu gehen, doch je weiter sie gingen, desto mehr schienen sich die Gassen zu verändern. Die Wege verschoben sich und führten sie immer tiefer in das Labyrinth hinein, weg von der Sicherheit des Ausgangs. Panik stieg in ihnen auf, als sie erkannten, dass sie sich verirrt hatten und keine klare Richtung mehr erkennen konnten.

Die Dunkelheit brach über das Labyrinth herein, und die Kürbisse begannen zu leuchten, ihre schimmernden Augen das einzige Licht in der undurchdringlichen Nacht. Sarah und Tom rannten durch die schmalen Gassen, jeder Weg schien eine Sackgasse oder eine falsche Fährte zu sein. Die Zeit verlor ihre Bedeutung, während sie verzweifelt versuchten, einen Ausweg zu finden.

Schließlich, als ihre Kräfte schwanden und die Nacht ihre Kühle über das Labyrinth legte, stießen sie auf eine verlassene Hütte in einem abgelegenen Teil des Labyrinths. Sie war alt und verfallen, aber sie bot ihnen vorübergehend Zuflucht. Erschöpft ließen sie sich auf dem staubigen Boden nieder, um ihre Gedanken zu sammeln und nach einem Plan zu suchen, wie sie dem Labyrinth entkommen konnten.

In der Dunkelheit hörten sie erneut das Flüstern, diesmal lauter und dringlicher. "Ihr seid gefangen", sagte die Stimme, und Sarah und Tom wussten, dass sie nicht länger nur ein Spiel des Zufalls waren. Das Kürbis-Labyrinth hatte sie in seinen Bann gezogen, und es würde mehr als nur Mut erfordern, um den Weg zurück zur Realität zu finden.

Die Nacht verging langsam, während sie in der Hütte ausharrten, umgeben von der unheimlichen Präsenz des

Labyrinths. Mit dem ersten Licht des Morgens wagten sie
einen weiteren Versuch, ihren Weg durch das Labyrinth
zu finden. Jeder Schritt war ein Kampf gegen die
magischen Kräfte, die sie gefangen hielten, und jede
falsche Richtung führte sie tiefer in die Dunkelheit.

Schließlich, als sie fast die Hoffnung aufgegeben hatten,
entdeckten sie einen schwachen Lichtschein am Ende
eines schmalen Gangs. Mit letzter Kraft folgten sie dem
Licht und fanden sich schließlich am Rande des
Labyrinths wieder, wo sie erschöpft und erleichtert die
frische Luft des Morgens einatmeten.

Das Kürbis-Labyrinth war hinter ihnen, ein Ort voller
Geheimnisse und Gefahren, der ihre Vorstellungskraft
überstieg. Sarah und Tom wussten, dass sie nie wieder so
unvorbereitet in die Welt der Magie eintreten würden,
aber sie würden auch nie den Zauber und die Faszination
vergessen, die das Labyrinth auf sie ausgeübt hatte - eine
Erinnerung, die sie für immer verändern sollte.

Es war der Abend vor Halloween, als Emily und Tom die
abgelegene Farm erreichten. Sie hatten von dem riesigen
Kürbis-Labyrinth gehört, das jedes Jahr Besucher aus nah
und fern anzog. Die beiden waren begeisterte Halloween-
Fans und freuten sich auf das Abenteuer.

„Das wird großartig", sagte Tom, als sie aus dem Auto
stiegen und die beeindruckenden Kürbisse sahen, die das
Labyrinth bildeten. Jeder Kürbis war kunstvoll geschnitzt
und schien im schwachen Licht der untergehenden Sonne
zu leuchten.

„Ich bin gespannt, ob wir den Weg herausfinden", meinte Emily und griff nach Toms Hand.

Sie betraten das Labyrinth und folgten einem schmalen Pfad zwischen den hohen Kürbiswänden. Anfangs lachten und scherzten sie, genossen die Herausforderung und die unheimliche Atmosphäre. Doch als die Dunkelheit hereinbrach, bemerkten sie, dass sich die Wege zu verändern schienen.

„War das hier nicht eben noch eine Sackgasse?", fragte Tom verwirrt.

„Ich bin mir sicher, dass wir hier schon vorbeigekommen sind", antwortete Emily, während sie sich nervös umsah.

Plötzlich flackerte das Licht in den Kürbissen auf und schien sich zu bewegen. Die geschnitzten Gesichter wirkten lebendig und ihre Augen folgten den beiden. Ein eisiger Wind zog durch das Labyrinth und ein unheimliches Flüstern erfüllte die Luft.

„Das ist nicht normal", flüsterte Emily, als ihr ein Schauer über den Rücken lief.

„Wir müssen einen Ausweg finden", sagte Tom entschlossen. „Schnell, bevor es noch schlimmer wird."

Sie eilten durch die verworrenen Gänge, doch die Kürbisse schienen sich zu bewegen und die Wege zu blockieren. Plötzlich tauchte vor ihnen eine Kreatur auf, halb Mensch, halb Kürbis, mit leuchtenden Augen und langen, knorrigen Armen.

„Willkommen in meinem Reich", zischte die Kreatur. „Nur wer die Rätsel löst, darf entkommen."

„Was willst du von uns?", rief Tom.

„Löst die Rätsel oder bleibt für immer hier", antwortete die Kreatur und verschwand in einem Nebelschleier.

Emily und Tom fanden sich vor einer großen Kürbiswand wieder, auf der in altertümlicher Schrift ein Rätsel geschrieben stand: *„Ich bin nicht lebendig, doch habe ich Augen und einen Mund. Was bin ich?"*

„Ein Kürbis", sagte Emily schnell. Kaum hatte sie das Wort ausgesprochen, öffnete sich ein neuer Pfad vor ihnen.

„Das war einfach", meinte Tom erleichtert, doch das Gefühl der Bedrohung blieb.

Sie setzten ihren Weg fort und stießen auf weitere Rätsel, die zunehmend schwieriger wurden. Jedes gelöste Rätsel öffnete einen neuen Pfad, doch die Zeit schien gegen sie zu arbeiten. Die Kürbisse wurden immer lebendiger, und unheimliche Kreaturen schlichen in den Schatten.

Schließlich standen sie vor dem letzten Rätsel: *„Was lebt, wenn es gefüttert wird, stirbt aber, wenn es trinkt?"*

„Das ist schwer“, murmelte Emily. Sie dachte angestrengt nach. „Ein Feuer!“

Sobald sie die Antwort aussprach, öffnete sich vor ihnen ein Tor aus leuchtenden Kürbissen, das den Ausgang des Labyrinths enthüllte. Sie stürmten hindurch und fanden sich auf der anderen Seite wieder, die Farm in sicherer Entfernung hinter sich lassend.

Der Wind legte sich und die unheimlichen Stimmen verstummten. Sie drehten sich um und sahen, wie das Labyrinth in sich zusammenfiel, die Kürbisse in einem letzten Flackern erloschen.

„Wir haben es geschafft“, sagte Tom außer Atem.

Emily nickte, ihre Hand immer noch fest in seiner. „Lass uns von hier verschwinden.“

Sie stiegen ins Auto und fuhren zurück in die Stadt, fest entschlossen, niemals wieder ein Labyrinth zu betreten. Die Erfahrung hatte sie gelehrt, dass einige Geheimnisse besser ungelöst bleiben sollten, vor allem an Halloween.

Der Kürbiskönig

In der kleinen Stadt Pumpkin Hollow wo Halloween nicht nur ein Feiertag, sondern eine Lebenseinstellung war, rankten sich uralte Legenden um die Macht der Kürbisse. Die bedeutendste von allen war die des Kürbiskönigs, eines alten Dämons, der einst die Welt mit Schrecken überzogen hatte. Er war von einer mächtigen Hexe namens Seraphina besiegt worden, doch man sagte, dass er eines Tages zurückkehren würde.

Elena, ein sechzehnjähriges Mädchen mit einer Vorliebe für Halloween, ahnte nichts von ihrer Verbindung zu dieser Legende. Elena war ein sechzehnjähriges Mädchen mit einer faszinierenden Liebe für alles, was mit Halloween zu tun hatte. Sie war von Natur aus neugierig und abenteuerlustig, mit einem rebellischen Geist, der sie oft dazu trieb, die Grenzen ihrer kleinen Stadt zu erkunden. Mit ihrem langen, dunklen Haar und den leuchtend grünen Augen wirkte sie auf den ersten Blick vielleicht unschuldig, aber hinter ihrer sanften Fassade verbarg sich eine tiefe Leidenschaft für das Mysteriöse und das Unbekannte.

Elena's Kleidungsstil war geprägt von dunklen Farben und subtilen, aber auffälligen Accessoires, die ihre Liebe zu Halloween widerspiegelten - oft trug sie ein schwarzes Kleid mit Stickereien von Fledermäusen oder Kürbissen. Ihr Zimmer war eine kleine Sammlung von Halloween-

Dekorationen, von gruseligen Kürbislampen bis hin zu handgefertigten Hexenbesen und alten, staubigen Büchern über die Folklore der Saison.

Trotz ihrer Obsession für Halloween war Elena auch eine ausgezeichnete Schülerin und ihre Neugier auf das Übernatürliche spiegelte sich oft in ihrem akademischen Interesse wider. Sie war klug und einfallsreich, immer bereit, neue Herausforderungen anzunehmen und das Unerklärliche zu erforschen.

Elena hatte eine enge Bindung zu ihren Freunden, die genauso abenteuerlustig und neugierig auf die Geheimnisse ihrer Stadt waren. Sie waren ihre Verbündeten in allen Halloween-Abenteuern, und zusammen bildeten sie eine starke Gemeinschaft, die sich den Herausforderungen stellte, die das Fest der Geister mit sich brachte.

Obwohl Elena keine Ahnung von ihrer Verbindung zu einer Legende hatte, war sie instinktiv von der Magie und dem Geheimnis umgeben, das ihre kleine Stadt umgab. Ihr Glaube an das Unerklärliche und ihre Bereitschaft, sich den Herausforderungen zu stellen, sollten sich als entscheidend erweisen, als sie schließlich den Schleier zwischen der Welt der Menschen und der Welt des Übernatürlichen durchdrang.

An einem nebligen Herbstmorgen fand sie auf dem Dachboden ihres Hauses ein altes Tagebuch, das einst ihrer Ururgroßmutter Seraphina gehörte. Beim Durchblättern entdeckte sie faszinierende Einträge über Magie und den Kürbiskönig.

„Was ist das nur für ein seltsames Buch?“, fragte Elena sich laut.

Plötzlich flammte ein goldenes Licht aus den Seiten des Tagebuchs auf, und eine holografische Gestalt von Seraphina erschien vor ihr. „Elena, du bist meine Nachfahrin. Der Kürbiskönig ist dabei, zu erwachen, und nur du kannst ihn aufhalten“, sagte die Erscheinung.

Elena spürte, wie eine unbekannte Kraft in ihr erwachte. „Aber wie? Ich bin keine Hexe.“

„Du trägst mein Blut in dir und damit auch meine Macht. Suche die magischen Kürbisse, sie werden dir helfen“, erklärte Seraphina, bevor sie wieder verschwand.

Erschüttert und entschlossen suchte Elena ihre besten Freunde auf – Max, Lena und Jonas. Gemeinsam beschlossen sie, Seraphinas Rat zu folgen und die magischen Kürbisse zu finden, die über die Stadt verteilt waren. Jeder Kürbis enthielt einen Teil der alten Magie, die notwendig war, um den Kürbiskönig zu besiegen.

„Wir müssen die Kürbisse finden, bevor der Kürbiskönig seine volle Macht zurückerlangt“, sagte Elena.

„Dann sollten wir keine Zeit verlieren“, stimmte Max zu.

Die Freunde machten sich auf den Weg durch die Stadt, geleitet von den Hinweisen im Tagebuch. An einem verwunschenen Baum fanden sie den ersten magischen Kürbis, dessen leuchtendes Inneres ihnen den Weg zum nächsten wies. Jeder gefundene Kürbis verlieh Elena mehr Macht und brachte sie dem bevorstehenden Kampf näher.

Doch der Kürbiskönig war sich ihrer Bemühungen bewusst. Mit jedem Kürbis, den sie fanden, schickte er seine Diener – schattenhafte Kreaturen mit glühenden Augen, um sie aufzuhalten. Die Freunde kämpften tapfer, ihre Freundschaft und ihr Mut stärkten sie gegen die Dunkelheit.

Schließlich standen sie am Eingang einer alten Gruft, wo der letzte und mächtigste Kürbis versteckt war. „Das ist es", sagte Elena mit festem Blick. „Hier müssen wir ihn stellen."

Sie betraten die Gruft und fanden den letzten Kürbis, der in goldenem Licht erstrahlte. Doch bevor Elena ihn berühren konnte, manifestierte sich der Kürbiskönig vor ihnen – eine bedrohliche Gestalt mit flammenden Augen und einem Umhang aus Schatten.

„Ihr Narren! Ihr könnt mich nicht aufhalten!", donnerte er.

Elena hielt den letzten Kürbis fest und spürte, wie die Macht Seraphinas vollständig in sie überging. „Doch, das können wir", sagte sie bestimmt und hob die Hand, in der

der Kürbis glühte. „Im Namen von Seraphina und allem, was sie beschützt hat, verbanne ich dich, Kürbiskönig!"

Ein grelles Licht durchströmte die Gruft, als Elenas Magie und die Macht der Kürbisse sich vereinten. Der Kürbiskönig schrie auf, als er in einem Wirbel aus Licht und Schatten verschwand. Die Dunkelheit löste sich auf und hinterließ nur Stille.

„Wir haben es geschafft", sagte Jonas atemlos.

„Ja, aber nur zusammen", fügte Lena hinzu und legte einen Arm um Elena.

Die Freunde verließen die Gruft und kehrten in die Stadt zurück, wo die Kürbisse nun friedlich leuchteten. Elena wusste, dass die Macht in ihr niemals ganz verschwinden würde, aber sie war bereit, sie zu nutzen, um ihre Stadt zu schützen – so wie ihre Vorfahrin Seraphina es getan hatte.

Von diesem Tag an wurde Elena als Heldin gefeiert, und die Legende des Kürbiskönigs blieb lebendig, um künftige Generationen zu warnen und zu inspirieren. Halloween war nicht mehr nur ein Fest, sondern ein Symbol für Mut, Freundschaft und die ewige Wachsamkeit gegen das Böse.

Das Buch der Schatten

Julian war seit einigen Monaten der neue Bibliothekar in der alten Stadtbibliothek von Ravenswood. Julian war seit einigen Monaten der neue Bibliothekar in der alten Stadtbibliothek von Ravenswood. Er war ein Mann in den mittleren Jahren, dessen Erscheinung sowohl mysteriös als auch faszinierend wirkte. Sein dunkles, fast rabenschwarzes Haar war leicht ergraut, was ihm ein markantes Aussehen verlieh. Seine Augen waren von einem intensiven Grün, das je nach Licht mal funkelte wie Smaragde, mal tief und undurchdringlich wie der dunkle Wald in der Nacht.

Julians Kleidungsstil war stets elegant, aber etwas veraltet, was ihn aus der Masse der modernen Bibliotheksbesucher hervorhob. Er bevorzugte dunkle Anzüge mit passenden Westen und oft trug er eine antike Taschenuhr an einer Kette, die er mit Sorgfalt behandelte. Seine Haltung war aufrecht und selbstbewusst, und er strahlte eine Aura der Geheimhaltung aus, die diejenigen anzog, die sich für die versteckten Schätze der alten Bibliothek interessierten.

Trotz seiner zurückhaltenden Art war Julian in der Lage, eine ruhige Autorität auszustrahlen, die Respekt und Bewunderung hervorrief. Er sprach selten über seine Vergangenheit oder persönlichen Angelegenheiten, was ihn noch rätselhafter machte und die Gerüchte über seine Herkunft und sein Wissen anheizte.

In Ravenswood war Julian bekannt für seine tiefgehende Kenntnis der Bücher und Manuskripte in der Bibliothek, besonders derjenigen, die seit Jahren in den verstaubten Regalen versteckt waren. Er schien eine ungewöhnliche Affinität zu den alten Texten zu haben, die anderen Bibliothekaren entgangen war, und viele glaubten, dass er geheime Geschichten und Wissen bewachte, das nur den Auserwählten zugänglich war.

Julian hatte auch eine ungewöhnliche Art, mit den Besuchern der Bibliothek umzugehen. Er war geduldig und hilfsbereit, aber gleichzeitig distanziert, was einige als unnahbar empfanden. Für manche war er ein freundlicher Führer durch das Labyrinth der Worte, für andere eine rätselhafte Gestalt, deren wahre Absichten und Motive im Dunkeln blieben.

Trotz seines mysteriösen Auftretens war Julian ein faszinierender Mann, dessen Anwesenheit in der alten Stadtbibliothek von Ravenswood eine Aura der Magie und des Geheimnisses verbreitete.

Die Bibliothek war riesig, ein labyrinthartiges Gebäude mit endlosen Gängen und verborgenen Räumen, die nur selten betreten wurden. Eines Abends, als die Dämmerung hereinbrach und die letzten Besucher die Bibliothek verließen, entschied sich Julian, eine längst vergessene Abteilung im Keller zu erforschen.

Die Kellerabteilung war voller Staub und Spinnweben, die Regale mit dicken, verstaubten Büchern und Manuskripten bedeckt, die seit Jahrzehnten nicht mehr berührt worden waren. Er zog seine Taschenlampe hervor und begann, die Titel zu lesen. Nach einer Weile stieß er auf ein besonders altes und schweres Buch, das in dunkles Leder gebunden war und keine Aufschrift trug.

Neugierig nahm er es heraus und trug es in sein kleines Büro. Als er das Buch auf seinen Schreibtisch legte, bemerkte er, dass es eine unheimliche Aura ausstrahlte. Ein leichter Schauder lief ihm über den Rücken, aber seine Neugier überwog die Angst. Er setzte sich, öffnete das Buch vorsichtig und begann zu lesen.

Das erste Kapitel war eine Art Einführung und beschrieb das Buch als das „Buch der Schatten", eine Sammlung dunkler Magie und verbotener Rituale. Julian lachte nervös. „Das muss ein Scherz sein", murmelte er zu sich selbst, doch als er weiterlas, begann sich die Luft im Raum zu verändern. Ein kalter Wind wehte durch das Zimmer, obwohl die Fenster geschlossen waren. Er ignorierte es und las weiter.

Er legte sich ins bett und dachte nicht weiter darüber nach.

Die ersten Nächte, nachdem er das Buch geöffnet hatte, waren geprägt von Albträumen. Die ersten Nächte, nachdem er das Buch geöffnet hatte, waren geprägt von einer unheimlichen Atmosphäre und verstörenden Albträumen. Jede Nacht, wenn er die Augen schloss, schienen die Schatten um ihn herum lebendig zu werden, als würden düstere Gestalten aus den Seiten des Buches kriechen, das er unwissentlich geöffnet hatte.

Die Luft im Schlafzimmer war schwer und drückend, als würde sie mit einer unsichtbaren Präsenz gesättigt sein, die ihn verfolgte, selbst in seinen Träumen. Die Albträume begannen sanft, mit flüchtigen Bildern und dumpfen Geräuschen, die sein Unterbewusstsein belagerten. Doch mit jeder weiteren Nacht wurden die Träume intensiver und bedrohlicher.

Er fand sich oft in einem dunklen Labyrinth gefangen, das sich endlos zu erstrecken schien, die Wände aus den Seiten des Buches geformt. Der Geruch von alten Pergamentseiten und verblichenem Tintenstaub hing schwer in der Luft, während er verzweifelt versuchte, einen Ausgang zu finden. Die Schatten der Vergangenheit verfolgten ihn, flüsternd und lockend, als wollten sie ihn in die tiefsten Abgründe des Buches ziehen.

In einem Albtraum fand er sich plötzlich in einer verlassenen Bibliothek wieder, deren Bücherregale sich endlos vor ihm auftürmten. Jedes Buch schien eine Geschichte der Verderbnis und des Verlusts zu erzählen, die seine eigenen Ängste und Unsicherheiten widerspiegelten. Die Gestalten aus den Schatten bewegten sich in der Peripherie seines Blickfelds, vermeidend, dass er sie direkt ansah.

Die Albträume hinterließen eine tiefe Erschöpfung und eine unstillbare Neugier auf die Geheimnisse des Buches, das er in seiner Obhut hatte. Tagsüber wurde er von einem unerbittlichen Drang getrieben, mehr über seine Bedeutung und seinen Ursprung zu erfahren, und er verbrachte Stunden damit, die Seiten zu studieren und die verschlüsselten Symbole zu entschlüsseln, die überall im Buch verstreut waren.

Jede Nacht brachte neue Visionen und dunkle Erinnerungen, die sich mit der realen Welt verschmolzen, bis er nicht mehr sicher war, wo die Grenze zwischen Wirklichkeit und Fiktion verlief. Die unheilvolle Aura des Buches umgab ihn wie ein Mantel, der ihn immer tiefer in die Geheimnisse und Abgründe seiner eigenen Psyche zog.

Die ersten Nächte nach dem Öffnen des Buches waren geprägt von einem unheimlichen Spiel zwischen Licht und Schatten, zwischen Traum und Realität, das ihn auf eine Reise führte, die er sich nie hätte vorstellen können.

Er träumte von düsteren Gestalten, die aus den Schatten hervorstiegen, von verzweifelten Schreien und von einem Gefühl der Bedrohung, das immer intensiver wurde. Doch tagsüber schien alles normal, und Julian war fest entschlossen, das Buch weiter zu erforschen.

Mit jedem gelesenen Kapitel schienen die Albträume schlimmer zu werden, und seltsame Dinge begannen in der Bibliothek zu passieren. Bücher fielen ohne Grund aus den Regalen, Schatten bewegten sich eigenständig, und seltsame, flüsternde Stimmen waren zu hören, wenn Julian alleine war.

Eines Nachts, als Julian das dritte Kapitel las, hörte er plötzlich ein lautes Krachen aus dem Lesesaal. Er eilte hinüber und fand die Regale umgestürzt, Bücher verstreut auf dem Boden. Mit zitternden Händen hob er eines der Bücher auf und stellte fest, dass alle Seiten leer waren. Panik ergriff ihn, doch er fühlte sich unaufhaltsam zu dem verfluchten Buch hingezogen.

Julian beschloss, sich mit dem vierten Kapitel auseinanderzusetzen. Die Beschreibungen wurden immer düsterer, und die Rituale schienen mächtiger und gefährlicher zu werden. Als er ein besonders kompliziertes Ritual las, spürte er plötzlich eine Präsenz hinter sich. Er drehte sich um und sah eine dunkle Gestalt, die ihm entgegenstarrte.

Als er sich plötzlich umdrehte, spürte er die eisige Berührung einer unheilvollen Präsenz, die ihn in ihrer düsteren Aura gefangen hielt. Vor ihm stand eine Gestalt, gehüllt in Schatten und umgeben von einer Aura der Verborgenheit und des Geheimnisses. Die Gestalt schien aus der Dunkelheit selbst geboren zu sein, ihre Konturen verschwommen und doch von einer unheimlichen Klarheit.

Ihre Augen waren wie zwei glühende Kohlen, die ihn durchdrangen, ohne ein Wort zu sagen. Der Blick der Gestalt war intensiv und durchdringend, und er fühlte, wie seine innersten Gedanken und Ängste von ihr durchschaut wurden. Die Dunkelheit um sie herum schien sich zu verdichten, als würde sie jeden Moment in den Raum um ihn herum einsickern.

Die Gestalt war von einer seltsamen Stille umgeben, die die Luft um sie herum zu ersticken schien. Sie trug einen Umhang aus tiefem Schwarz, der im schwachen Licht schimmerte und ihr eine gespenstische Erscheinung verlieh. Ihre Bewegungen waren fließend und gleichzeitig unnatürlich, als würde sie zwischen den Welten wandeln, die der Mensch nicht sehen konnte.

Ein kalter Schauer lief ihm über den Rücken, als er
bemerkte, dass die Gestalt weder Schuhe noch ein Gesicht
zu haben schien - nur eine undurchdringliche Dunkelheit,
die ihren ganzen Körper zu verschlingen schien. Ihr Atem
war schwer und gleichzeitig unhörbar, als ob sie nicht
wirklich existierte, sondern nur ein Schatten in seinem
Geist war.

Die Gestalt schien eine Manifestation seiner tiefsten
Ängste und seiner verlorenen Hoffnungen zu sein, die aus
den Schatten seiner eigenen Unsicherheit emporstieg. Ihr
Anblick löste eine Mischung aus Faszination und
panischer Angst in ihm aus, während er versuchte, ihre
wahre Natur zu begreifen.

Als er weiter in die Augen der Gestalt starrte, fühlte er,
wie seine eigene Existenz von ihrem unerbittlichen Blick
verschlungen wurde, und er wusste, dass er nie wieder
derselbe sein würde. Die Gestalt war nicht nur ein
Fremder in der Dunkelheit, sondern auch ein Teil seiner
eigenen Reise in die Abgründe des Unbekannten.

„Wer bist du?" flüsterte Julian, unfähig, sich zu bewegen.

Die Gestalt lächelte böse. „Ich bin der Hüter des Buches.
Du hast es geöffnet und seine Macht entfesselt. Jetzt wirst
du den Preis zahlen."

Julian versuchte zu fliehen, doch die Türen der Bibliothek
schlugen zu, und die Lichter flackerten wild. Er rannte
zurück zu seinem Büro, das Buch fest umklammert, in der
Hoffnung, es irgendwie rückgängig machen zu können.
Doch je mehr er las, desto stärker wurde die Präsenz, die
ihn verfolgte.

In einer letzten verzweifelten Anstrengung blätterte Julian durch das Buch auf der Suche nach einem Weg, die Beschwörung rückgängig zu machen. Er fand ein Ritual, das die Macht des Buches versiegeln konnte, doch es erforderte ein großes Opfer. Mit zittrigen Händen begann er, die nötigen Schritte auszuführen, das Herz klopfend in seiner Brust.

Als er den letzten Satz sprach, wurde die Präsenz intensiver, und er fühlte, wie seine Lebensenergie aus ihm herausgesogen wurde. Ein grelles Licht erfüllte den Raum, und Julian schrie, als er in die Dunkelheit gezogen wurde.

Am nächsten Morgen fand der Hausmeister die Bibliothek in einem chaotischen Zustand vor. Julian war verschwunden, und das Buch lag geschlossen auf seinem Schreibtisch. Niemand wusste, was wirklich passiert war, und die Ereignisse jener Nacht wurden schnell zu einer gruseligen Legende in Ravenswood.

Die Stadtbibliothek blieb geöffnet, doch das Buch der Schatten wurde zurück in die Tiefen des Kellers verbannt, in der Hoffnung, dass es nie wieder entdeckt wird. Aber manchmal, in den stillen Nächten, wenn der Wind durch die alten Mauern wehte, konnte man das Flüstern der dunklen Magie hören, die in den Seiten des Buches verborgen war.

Die Blutlinie

Die Familie Winter war eine eingeschworene Einheit, die durch ihre Liebe zueinander und ihre Abenteuerlust eng miteinander verbunden war. An der Spitze stand Jonathan Winter, ein liebevoller Ehemann und Vater, der mit seiner ruhigen und bedachten Art oft als Fels in der Brandung der Familie galt. Seine markanten Gesichtszüge, von einem dichten, leicht ergrauten Bart gerahmt, verliehen ihm ein väterliches und doch mysteriöses Aussehen.

Sarah Winter, seine Frau, war eine Frau von bemerkenswerter Intelligenz und einem unerschütterlichen Glauben an das Gute im Leben. Mit ihren warmen, braunen Augen und einem stets freundlichen Lächeln war sie die emotionale Säule der Familie, die stets darauf bedacht war, ihren Kindern ein Gefühl von Geborgenheit zu vermitteln.

Die beiden Kinder, Emily und Max, waren ein ungleiches Paar, das sich dennoch perfekt ergänzte. Emily, die Ältere, war eine Träumerin mit einer lebhaften Fantasie. Mit ihren langen, lockigen Haaren und ihren großen, neugierigen Augen war sie ständig auf der Suche nach Abenteuern und neuen Entdeckungen. Max hingegen war ruhiger und introvertierter, mit einer Leidenschaft für Wissenschaft und Technik. Sein schlaksiger Rahmen und seine runden Brillengläser verliehen ihm das Aussehen eines kleinen Genies, das in seiner eigenen Welt der Erfindungen und Entdeckungen lebte.

Zusammen bildeten die Winters eine Familie, die durch ihre Liebe zur Geschichte und zu alten Geschichten vereint war. Als sie das alte Anwesen am Rande der Stadt zum Spottpreis erwarben, konnten sie ihr Glück kaum fassen. Das Anwesen war ein wahrgewordener Traum für Sarah, die schon immer von einem Ort mit einer reichen Geschichte und einem Hauch von Mystik geträumt hatte, während es für Jonathan die Chance bedeutete, endlich ein Zuhause zu finden, das ihrer Familie eine sichere Zukunft bieten konnte.

Die Winters waren entschlossen, das Anwesen zu einem Zuhause zu machen, das die Geschichte und den Glanz vergangener Zeiten widerspiegelte. Sie fühlten sich von den alten Gemäuern und den verborgenen Nischen angezogen, die Geschichten von vergangenen Bewohnern und geheimnisvollen Ereignissen zu erzählen schienen.

Das Anwesen, das die Familie Winter erworben hatte, war ein majestätisches Gebäude, das eine lange Geschichte und einen unbestreitbaren Charme ausstrahlte. Es thronte auf einem sanft ansteigenden Hügel am Rand der Stadt, umgeben von alten Bäumen, die ihre langen Äste schützend über das Anwesen ausbreiteten. Die Fassade des Hauses war aus massivem Stein gebaut, der im Laufe der Jahrhunderte von den Elementen gezeichnet war, aber dennoch seine imposante Präsenz behielt.

Die Vorderseite des Anwesens wurde von einer breiten Veranda dominiert, die von kunstvoll geschnitzten Holzsäulen gestützt wurde. Über der massiven Eingangstür thronte ein Bogenfenster mit bleiverglasten Fensterscheiben, die das Licht in ein faszinierendes Mosaik aus Farben und Formen brachen. Ein grüner Efeu rankte sich an den Wänden empor, als wolle er das Anwesen in seiner natürlichen Umgebung verbergen und gleichzeitig dessen Geheimnisse bewahren.

Im Inneren des Hauses fanden sich hohe Decken mit kunstvollen Stuckaturen und Kronleuchtern aus vergangenen Epochen, die den Räumen eine majestätische Atmosphäre verliehen. Die Wände waren mit antiken Tapeten bedeckt, die feine Muster und filigrane Motive zeigten, die von Geschichten vergangener Bewohner zu flüstern schienen. In den großen, gemütlichen Zimmern gab es alte Kamine aus poliertem Marmor, in deren offenen Feuern sich das Flackern der Flammen in den polierten Möbeln und den glänzenden Böden spiegelte.

Durch das Anwesen zog sich ein Labyrinth aus langen Gängen und verwinkelten Treppen, die zu geheimen Zimmern und unerforschten Nischen führten. Die Fenster waren mit schweren Vorhängen verhängt, die im Wind flatterten und ein geheimnisvolles Spiel aus Licht und Schatten auf den antiken Teppichen und Dielenböden im Inneren des Hauses warfen.

Das Anwesen strahlte eine Aura von Geschichte und Geheimnis aus, die die Familie Winter gleichermaßen faszinierte und herausforderte. Sie fühlten sich wie Eindringlinge in eine Welt vergangener Zeiten, aber auch wie Bewahrer eines Erbes, das es zu erkunden und zu bewahren ga

Die Familie Winter konnte ihr Glück kaum fassen, als sie das alte Anwesen am Rande der Stadt zum Spottpreis erwerben konnten. Das Haus war groß und eindrucksvoll, mit hohen Decken, verzierten Holzarbeiten und einem weitläufigen Garten. Für Anna und Markus Winter und ihre beiden Kinder, Emma und Ben, schien es der perfekte

Ort zu sein, um ein neues Kapitel ihres Lebens zu beginnen.

Von den Geschichten, die das Haus umgaben, wussten die Winters zunächst nichts. Das Anwesen gehörte einst einem Mann namens Victor Graves, einem berüchtigten Serienmörder, der vor vielen Jahren in dieser Stadt sein Unwesen trieb. Graves war dafür bekannt, seine Opfer auf grausame Weise zu foltern und zu töten, bevor er schließlich von einer aufgebrachten Menge in einem spektakulären Akt der Selbstjustiz gelyncht wurde. Seitdem hieß es, sein Geist würde im Haus verweilen, auf Rache sinnend.

Schon kurz nach dem Einzug begannen seltsame Dinge zu passieren. In der ersten Nacht hörte Emma, wie jemand leise ihren Namen flüsterte. Sie schob es auf ihre Einbildung und schlief schließlich wieder ein. Doch am nächsten Morgen entdeckte die Familie tiefe Kratzspuren an den Wänden des Flurs.

Max: "Hast du das auch gehört, Emma?"

Emma: "Was meinst du?"

Max: "Ich habe gerade gedacht, jemand hätte deinen Namen geflüstert. Ganz leise, aber ich bin mir sicher, dass ich etwas gehört habe."

Emma: "Das ist gruselig. Ich habe auch etwas Ähnliches gehört letzte Nacht. Es klang, als käme es aus der Nähe meines Zimmers."

Max: "Vielleicht ist es nur der Wind oder das alte Haus, das Geräusche macht?"

Emma: "Ich weiß nicht... Es klang so real, fast wie eine Stimme."

Max: "Vielleicht haben wir uns das nur eingebildet. Es ist alles neu hier, und unsere Fantasie spielt uns sicher einen Streich."

Emma: "Vielleicht... Aber ich bin mir wirklich sicher, dass da etwas war."

Max: "Lass uns morgen bei Tageslicht noch einmal darüber sprechen. Vielleicht können wir dann herausfinden, was da los ist."

Emma: "Okay, das klingt vernünftig. Aber ich schließe heute Nacht sicher mein Fenster, nur zur Sicherheit."

Max: "Gute Idee. Schlaf gut, Emma."

Emma: "Gute Nacht, Max."

„Es ist ein altes Haus", sagte Markus, „da kann es schon mal seltsame Geräusche geben."

Doch die Vorkommnisse wurden immer bizarrer. Ben fand alte Zeitungsartikel in einer verborgenen Kammer hinter der Bibliothek. Die Schlagzeilen berichteten von den grausamen Taten Victor Graves'. Das schaurigste war jedoch ein Foto des Mörders, das eine unheimliche Ähnlichkeit mit Emma aufwies. Victor Graves war ein Mann von imposanter Statur und einem kantigen, markanten Gesicht, das von einer Narbe über der linken

Augenbraue gezeichnet war. Sein dunkles Haar war kurz geschnitten und umrahmte seine kräftigen Schultern. Seine Augen, tief und durchdringend, konnten einen mit ihrem intensiven Blick sofort in den Bann ziehen.

Graves war bekannt für seine undurchsichtige Vergangenheit und seine Fähigkeit, seine wahren Absichten hinter einem höflichen und charmanten Äußeren zu verbergen. Er kleidete sich stets in elegante Anzüge, die seine Autorität und sein Selbstbewusstsein unterstrichen, während er gleichzeitig ein Gefühl von Geheimnis um seine Person wahrte.

In seinen Bewegungen war Victor Graves stets beherrscht und präzise, mit einer Aura von Selbstsicherheit und einer unterschwelligen Bedrohung, die in seiner Anwesenheit mitschwang. Sein Auftreten war von einer gewissen Kälte geprägt, die nur gelegentlich von einem Hauch von Sarkasmus oder einem versteckten Lächeln durchbrochen wurde, was ihn umso unheimlicher machte.

Die Menschen in der Umgebung von Victor Graves fühlten sich gleichermaßen von seiner Charismatik angezogen wie von einer unbestimmten Angst vor ihm abgestoßen. Seine Fähigkeit, seine wahren Absichten hinter einem undurchdringlichen Schleier zu verbergen, machte ihn zu einer faszinierenden, aber auch gefährlichen Figur in der Geschichte.

Anna begann Nachforschungen anzustellen und entdeckte bald die schreckliche Wahrheit: Die Opfer von Victor Graves waren alle Vorfahren ihrer Familie. Ein kalter Schauer lief ihr über den Rücken, als sie realisierte, dass der Mörder seine Bluttaten an den Nachkommen seiner Opfer fortsetzen wollte.

„Wir müssen hier raus", sagte Anna entschlossen zu Markus. „Das ist kein Zufall. Er ist hinter uns her."

Doch es war bereits zu spät. In der Nacht darauf hörten sie schwere Schritte im Haus. Die Tür zu Emmas Zimmer schlug auf und sie schrie auf. Als Markus und Anna in das Zimmer stürzten, sahen sie eine dunkle Gestalt, die über Emma gebeugt war.

„Lasst sie in Ruhe!", brüllte Markus und stürzte sich auf die Gestalt, doch seine Hände griffen ins Leere. Die Luft im Raum war eiskalt, und ein widerliches Lachen erfüllte den Raum.

„Ihr könnt nicht entkommen", flüsterte die Stimme von überall und nirgendwo. „Ich werde bekommen, was mir zusteht."

Die Familie floh aus dem Haus und verbrachte die restliche Nacht in einem nahegelegenen Hotel. Am nächsten Morgen kehrten sie zurück, um ihre Sachen zu holen und das Haus für immer zu verlassen. Doch als sie eintraten, schloss sich die Tür mit einem lauten Knall hinter ihnen.

Die Luft wurde dicker, und die Schatten schienen lebendig zu werden. Victor Graves' Geist manifestierte sich vor ihnen, eine schreckliche Fratze des Todes. „Ihr werdet nicht entkommen", sagte er mit eisiger Stimme.

Doch Anna, entschlossen, ihre Familie zu retten, hielt ein altes Medaillon hoch, das sie in den Unterlagen über Graves gefunden hatte. „Du hast keine Macht über uns", rief sie. „Dieses Medaillon gehörte deiner Mutter. Sie hat dich verflucht, und es ist der Schlüssel zu deiner Verdammnis."

Der Geist von Victor Graves schrie auf, als das Medaillon in Annas Hand zu leuchten begann. Er versuchte, die Familie anzugreifen, doch eine unsichtbare Kraft hielt ihn zurück. Mit einem letzten, ohrenbetäubenden Schrei löste sich die Gestalt in Nichts auf, und die Luft wurde klarer.

Die Winters verließen das Anwesen sofort und kehrten nie wieder zurück. Sie fanden ein neues Zuhause weit entfernt von den Schrecken, die sie erlebt hatten. Doch die Erinnerung an Victor Graves und seinen Fluch blieb ihnen erhalten. Sie wussten, dass das Böse manchmal tief in der Vergangenheit verwurzelt ist und dass man immer wachsam sein muss, um es zu besiegen.

Das Anwesen von Victor Graves verfiel mit der Zeit, eine ständige Erinnerung an die dunklen Taten, die dort stattgefunden hatten. Und obwohl die Familie Winter gerettet war, blieb die Legende des mörderischen Geistes, der nach Rache dürstete, für immer in den Geschichten der Stadt lebendig.

Der verlorene Friedhof

Tim war der ältere der beiden Brüder, ein ruhiger und nachdenklicher Jugendlicher mit einem ausgeprägten Sinn für Abenteuer. Seine dunklen Locken fielen ihm lässig ins Gesicht, und seine braunen Augen strahlten oft Entschlossenheit aus. Tim war bekannt für seine Besonnenheit und seine Fähigkeit, in schwierigen Situationen einen kühlen Kopf zu bewahren. Er war ein Naturliebhaber und genoss es, draußen zu sein, sei es beim Erkunden der umliegenden Wälder oder beim Spielen von Sportarten wie Baseball.

Jonas hingegen war der jüngere Bruder, ein Energiebündel mit strubbeligem blondem Haar und blauen Augen, die vor Neugier und Tatendrang sprühten. Er war impulsiver als Tim und hatte eine lebhafte Vorstellungskraft, die ihn oft in aufregende Abenteuer verwickelte. Jonas war mutig und furchtlos, aber manchmal auch etwas ungestüm. Sein Lachen war ansteckend, und er hatte eine unerschütterliche Zuversicht, dass alles gut werden würde, solange er und Tim zusammenhielten.

Trotz ihrer unterschiedlichen Persönlichkeiten verband die Brüder eine tiefe und enge Bindung. Sie verstanden einander auch ohne viele Worte und unterstützten sich in allen Lebenslagen. Ihre Abenteuerlust und ihre Liebe zur Erkundung neuer Orte waren der Klebstoff, der ihre Beziehung stärkte und sie zu einem unschlagbaren Team machte.

Es war ein heißer Sommertag, als die Brüder Tim und Jonas beschließen, den dichten Wald hinter ihrem neuen Haus zu erkunden. Ihre Familie war erst vor kurzem in die kleine Stadt gezogen, und die Jungs waren begeistert, neue Abenteuer zu erleben. Mit Rucksäcken voller Snacks und einer alten Landkarte, die sie im Keller gefunden hatten, machten sie sich auf den Weg.

Nach einer Stunde des Wanderns durch das Dickicht stießen die Brüder auf eine Lichtung, die von hohen Bäumen umgeben war. In der Mitte der Lichtung standen alte, verwitterte Grabsteine, die von Moos und Efeu überwuchert waren. Ein kühler Schauer lief ihnen über den Rücken, als sie die Namen auf den Steinen entzifferten.

„Ich wusste nicht, dass es hier einen Friedhof gibt", sagte Jonas, der jüngere der beiden.

„Vielleicht ist er vergessen worden", antwortete Tim, der sich tief bückte, um den Namen auf einem besonders großen Grabstein zu lesen. „Hier liegt jemand namens Heinrich Müller, gestorben 1823."

Die Grabsteine erzählten Geschichten von Menschen, die vor langer Zeit gelebt und gelitten hatten. Die Brüder fühlten sich unwohl, aber auch fasziniert von der Entdeckung.

Jonas fand einen alten, aus Holz geschnitzten Grabstein, der teilweise im Boden versunken war. Als er versuchte, ihn herauszuziehen, löste sich eine lose Platte vom Grab. Ein kalter Windstoß wehte über die Lichtung, und die Atmosphäre veränderte sich schlagartig. Die Vögel hörten auf zu singen, und eine unheimliche Stille legte sich über den Wald.

„Tim, ich glaube, wir sollten hier weggehen", sagte Jonas nervös.

Als Tim und Jonas in Panik versuchten, aus dem Friedhof zu fliehen, geschah etwas Unvorstellbares. Die Erde unter ihren Füßen bebte und knackte, und mit einem donnernden Grollen öffneten sich tiefe Risse im Boden. Aus diesen Rissen drang eine eisige Kälte hervor, die die sommerliche Hitze sofort durchdrang und alles um sie herum in eine frostige Atmosphäre hüllte.

Aus den aufgebrochenen Gräbern erhoben sich schattenhafte Gestalten. Ihre Umrisse waren verschwommen und unbestimmt, als ob sie zwischen der Welt der Lebenden und der Toten schwebten. Ihre Gestalten schienen aus Nebel und Dunkelheit geformt zu sein, und ihre Augen glühten in einem gespenstischen Licht, das vor Zorn und unermesslichem Leid zu brennen schien.

Die schattenhaften Gestalten schwebten lautlos über den Gräbern, ihre Bewegungen waren fließend und unnatürlich. Jede ihrer Berührungen ließ die Luft um Tim und Jonas herum erzittern, während die Kälte um sie herum weiter zunahm. Ihre Gesichter, von der Dunkelheit verschleiert, verrieten keine Emotionen außer einem tiefen, endlosen Schmerz, der aus ihren glühenden Augen sprach.

Tim und Jonas starrten geschockt auf die geisterhaften
Erscheinungen, unfähig zu begreifen, was vor sich ging.
Die Atmosphäre war geladen mit einer bedrohlichen
Stille, die nur vom Flüstern des Windes und dem leisen
Klirren der aufgewühlten Erde durchbrochen wurde. Die
schattenhaften Gestalten schienen auf Rache aus zu sein,
und die Brüder wussten, dass sie keine Sekunde länger
auf dem Friedhof verweilen durften, wenn sie dem
drohenden Unheil entkommen wollten.

Doch bevor sie fliehen konnten, begannen die Gräber zu
beben. Die Erde öffnete sich, und durch die Risse schien
eine eisige Kälte zu entweichen. Schattenhafte Gestalten
erhoben sich aus den Gräbern und schwebten in der Luft.
Ihre Augen glühten vor Zorn und Leid.

„Ihr habt unsere Ruhe gestört!", flüsterte eine der Gestalten
mit einer Stimme, die wie ein schneidender Wind klang.

Tim und Jonas waren wie gelähmt vor Angst, als die
Geister sich ihnen näherten. Eine alte Frau mit hohlen
Augen zeigte auf sie. „Ihr müsst unsere Qual beenden. Ihr
müsst das Unrecht sühnen, das uns angetan wurde."

„Wir... wir wollten das nicht", stammelte Tim. „Wie
können wir euch helfen?"

Ein junger Mann mit blutverschmiertem Hemd trat vor.
„Findet unsere Geschichte. Bringt die Wahrheit ans Licht,
und gebt uns den Frieden, den wir seit Jahrhunderten
suchen."

Zurück zu Hause erzählten die Brüder ihren Eltern von der schrecklichen Entdeckung. Ihre Eltern waren skeptisch, aber die Angst und Ernsthaftigkeit in den Augen ihrer Söhne ließen sie nicht los. Gemeinsam begannen sie, Nachforschungen über die Geschichte des Dorfes anzustellen.

In der alten Stadtbibliothek fanden sie Berichte über eine Tragödie, die sich Anfang des 19. Jahrhunderts ereignet hatte. Eine Epidemie hatte viele Menschen das Leben gekostet, und man hatte sie hastig in einem Massengrab verscharrt, ohne ihnen die gebührende Ehre zu erweisen. Es stellte sich heraus, dass Heinrich Müller und die anderen Opfer der Epidemie unter schrecklichen Bedingungen gestorben waren, vernachlässigt und vergessen.

Sarah Winter: "Das ist furchtbar. Diese Menschen haben nie die ihnen gebührende Ehre erhalten."

Jonathan Winter: "Es ist wirklich tragisch. Sie wurden einfach in einem Massengrab verscharrt, ohne dass sich jemand um ihre Geschichte oder ihr Leiden gekümmert hat."

Emily: "Was können wir tun, Papa? Können wir ihnen nicht irgendwie helfen?"

Max: "Vielleicht könnten wir etwas für sie tun. Eine Gedenktafel oder eine Art Zeremonie, um ihre Erinnerung zu ehren."

Sarah Winter: "Das wäre eine gute Idee. Wir könnten etwas organisieren, um diesen Menschen Respekt zu zollen und ihr Leiden nicht in Vergessenheit geraten zu lassen."

Jonathan Winter: "Ich denke, das sollten wir tun. Es fühlt sich richtig an, diesen Menschen die Anerkennung zu geben, die sie so lange entbehrt haben."

Emily: "Lasst uns etwas Besonderes für sie planen, damit sie wissen, dass wir an sie denken und ihr Leiden anerkennen."

Max: "Ich werde in der Bibliothek weiter recherchieren. Vielleicht finden wir noch mehr Informationen über Heinrich Müller und die anderen Opfer. Vielleicht gibt es noch mehr, was wir tun können."

Die Familie Winter war entschlossen, den Opfern der Epidemie zu helfen und ihnen die Anerkennung zu geben, die sie verdienen. Sie beschlossen, eine Zeremonie zu organisieren, um ihren Namen zu gedenken und ihr Leiden zu würdigen, das so lange unbeachtet geblieben war.

Die Familie Winter organisierte eine Gedenkfeier, um den Verstorbenen die letzte Ehre zu erweisen. Die Dorfbewohner, neugierig und betroffen von der Geschichte, schlossen sich an. Es wurden Blumen niedergelegt und Gebete gesprochen, um den Geistern Frieden zu bringen.

Als die Nacht hereinbrach und der Mond über der Lichtung aufging, erschienen die Geister ein letztes Mal. Doch diesmal waren ihre Gesichter nicht von Zorn und Leid verzerrt, sondern von Frieden erfüllt.

„Danke“, flüsterte die alte Frau, bevor sie zusammen mit den anderen Geistern in einem sanften Licht verschwand.

Die Lichtung wurde zu einem Ort des Gedenkens und der Ruhe. Die Brüder hatten gelernt, dass die Vergangenheit niemals vollständig vergessen werden sollte, und dass selbst die ruhelosesten Geister Frieden finden können, wenn man ihnen mit Respekt und Mitgefühl begegnet.

Von diesem Tag an lebte die Familie Winter in Harmonie, und der Wald hinter ihrem Haus war nicht mehr ein Ort des Schreckens, sondern ein stiller Zeuge vergangener Zeiten und der Kraft des Gedenkens.

Das verfluchte Herrenhaus

Es war Halloween, der perfekte Abend für Abenteuer und Gruselgeschichten. Eine Gruppe von fünf Freunden – Alex, Sarah, Michael, Emily und David – entschied sich, das verlassene Herrenhaus am Rande der Stadt zu erkunden. Das Haus, das seit Generationen leer stand, war berüchtigt für seine düsteren Legenden und den Fluch, der angeblich auf ihm lastete.

Mit Taschenlampen bewaffnet und voller Aufregung betraten die Freunde das verfallene Herrenhaus. Die knarrenden Dielen und die staubigen Möbel gaben dem Ort ein gespenstisches Flair, das die Atmosphäre noch verstärkte.

„Ist es nicht aufregend, hier zu sein?", flüsterte Sarah und lächelte nervös.

„Solange wir zusammenbleiben, wird nichts passieren", antwortete Alex und versuchte, seine eigene Nervosität zu überspielen.

Kaum hatten sie begonnen, das Herrenhaus zu erkunden, als die ersten unheimlichen Ereignisse eintraten. Türen knallten von selbst zu, obwohl kein Wind wehte. Schatten huschten in den dunklen Ecken der Zimmer, und das Gefühl, beobachtet zu werden, wurde immer intensiver.

„Ich habe das Gefühl, dass hier etwas nicht stimmt", sagte Emily mit bebender Stimme.

„Lasst uns weitergehen", schlug Michael vor, um die Stimmung aufzulockern. Doch seine Worte konnten die Spannung nicht vertreiben.

Während sie das Obergeschoss erkundeten, stießen sie auf eine verriegelte Tür, die offensichtlich seit Jahrhunderten nicht geöffnet worden war. Nach einigem Zögern entschieden sie sich, die Tür aufzubrechen. Hinter ihr befand sich ein Raum, der von Kerzenlicht erhellt wurde.

In der Mitte des Raumes stand ein altertümlicher Altar, bedeckt mit seltsamen Symbolen und verbrannten Überresten. Auf dem Boden lagen vergilbte Bücher und verrostete Werkzeuge, die auf düstere Rituale hinwiesen.

„Was ist das hier?", flüsterte David, als wäre er fasziniert und abgestoßen zugleich.

Plötzlich füllte sich der Raum mit einer eisigen Kälte, und eine düstere Gestalt materialisierte sich vor ihnen. Es war der Geist eines Mannes in alten, zerfetzten Kleidern, dessen Augen rot glühten vor Zorn und Verzweiflung.

„Ihr habt das Verbotene geweckt", knurrte die Gestalt mit einer Stimme, die wie tausend Stimmen gleichzeitig klang. „Ihr habt den Fluch erneut über das Haus gebracht."

Die Freunde erstarrten vor Angst, unfähig zu fliehen oder sich zu verteidigen. Der Geist begann, sie in den Bann zu ziehen, als eine sanfte Stimme aus der Dunkelheit ertönte.

„Lasst sie los!“, rief eine ältere Frau, die plötzlich neben ihnen stand. Sie hielt eine alte Schriftrolle in den Händen und begann, eine uralte Beschwörungsformel zu rezitieren. Der Raum begann zu vibrieren, und das Licht der Kerzen flackerte wild.

Der Geist wand sich vor Schmerz und Wut, als die Beschwörungskraft der Frau ihn zwang, zurückzutreten. „Ihr werdet diesen Ort nie wieder betreten“, sagte sie mit einer Autorität, die das gesamte Herrenhaus erfüllte.

Als die Freunde wieder zu sich kamen, befanden sie sich vor dem Herrenhaus, das nun im Mondschein ruhig und verlassen dalag. Die ältere Frau war verschwunden, doch die Schrecken, die sie erlebt hatten, würden für immer in ihren Erinnerungen bleiben.

„Was war das?“, flüsterte Sarah, während sie sich aneinander festhielten.

„Ich weiß es nicht“, antwortete Alex, „aber ich glaube, wir sollten nie wieder zurückkehren.“

Die Gruppe schwieg eine Weile und machte sich schließlich auf den Heimweg. Hinter ihnen lag das verfluchte Herrenhaus, ein Ort voller Geheimnisse und Schrecken, der nun wieder in Dunkelheit gehüllt war.

Die Schatten der alten Mühle

Es war Halloweenabend und der Nebel lag schwer über dem kleinen Dorf Eldenwood. Die Straßen waren leer, die Häuser dunkel, und die wenigen mutigen Kinder, die sich hinausgewagt hatten, trugen Kostüme, die sie als Gespenster, Hexen und Monster verkleideten. Doch eine Legende, die sich um die alte Mühle am Dorfrand rankte, hielt die meisten von ihnen fern.

Die Mühle war seit Jahrzehnten ungenutzt. Ihr Holzdach war brüchig, die Fenster zerbrochen, und die Türen hingen schief auf ihren Angeln. Die Dorfbewohner erzählten sich, dass die Mühle von einem alten Müller bewohnt wurde, der nie gesehen wurde, seit die Mühle in Flammen aufgegangen war. Es hieß, dass seine Seele in der Mühle gefangen sei und dass er nachts unruhig umherwanderte, auf der Suche nach einem Weg, seinen Frieden zu finden.

In dieser Nacht beschloss ein mutiger Junge namens Tom, dem Gerücht ein Ende zu setzen. Er war ein Abenteurer, ein Suchender, und die Idee, die Mühle zu erkunden, erfüllte ihn mit Nervenkitzel. Als seine Freunde ihm von dem alten Müller erzählten, lachte Tom nur und versprach ihnen, zurückzukehren, um zu beweisen, dass die Geschichten nur Hirngespinste waren.

Er packte seine Taschenlampe, schlüpfte in seine dicke Jacke und machte sich auf den Weg zur Mühle. Die kühle, feuchte Luft schnitt ihm ins Gesicht, und der Nebel schien ihn mit jeder Sekunde mehr zu umarmen. Der Wind heulte leise, und der Nebel schlang sich um ihn, als wolle er ihn zurückhalten. Doch Tom war entschlossen, seine Furcht hinter sich zu lassen.

Die Mühle lag am Ende eines schmalen Pfades, der von dichten Bäumen gesäumt war. Die Äste der Bäume waren wie knorrige Finger, die nach ihm griffen. Als er die alten Mauern der Mühle erreichte, schlug sein Herz schneller. Das Geräusch seiner Schritte schien in der Stille der Nacht laut und unheimlich.

Die Mühle war von Moos und Efeu überwuchert. Als er die knarrende Tür aufstieß, ertönte ein lautes Quietschen, das in der stillen Nacht nachhallte.

Das Innere der Mühle war düster und voller Schatten. Die Taschenlampe warf ein schwaches Licht auf die Wände, die von Schimmel und alten, vergilbten Postern bedeckt waren. Der Geruch von Moder und alten Holzfässern erfüllte die Luft. Tom trat vorsichtig ein und lauschte den Geräuschen der Nacht.

Plötzlich hörte er ein Flüstern, das durch die Hallen der Mühle zog. Es klang wie ein leises Jammern, das seine Ohren kitzelte. Tom hielt inne und drehte sich um, doch niemand war zu sehen. „Das ist nur der Wind", murmelte er nervös und machte einen weiteren Schritt in die Dunkelheit.

Er durchquerte den großen Raum, in dem einst die Mühlsteine gearbeitet hatten. Überall lagen Reste alter

Maschinen und zerbrochene Holzplanken. Der Wind heulte wieder, und mit ihm kam das Gefühl, beobachtet zu werden. Tom schüttelte den Gedanken ab, aber das Flüstern wurde lauter, klang wie der Klang von zerbrochenen Herzen und verlorenen Seelen.

Als er weiterging, entdeckte er eine Treppe, die zu einer oberen Etage führte. Trotz seines wachsenden Unbehagens konnte er nicht widerstehen. Mit jedem Schritt auf den knarrenden Stufen stieg sein Adrenalinspiegel. Oben angekommen, fand er einen kleinen Raum, der anscheinend das Schlafzimmer des Müllers gewesen war. Alte Möbel standen in einer Reihe, das Bettgestell war eingestürzt, und der Spiegel an der Wand war mit einer dichten Schicht Staub bedeckt.

In der Ecke des Raumes lag ein altes Tagebuch. Tom trat näher und öffnete es vorsichtig. Die Seiten waren vergilbt, und die Tinte war fast verblasst. Doch die Worte waren klar: „Ich bin gefangen… gefangen in den Schatten der Mühle. Meine Sünde war groß, und die Dunkelheit hat mich geholt…"

Plötzlich erlosch das Licht seiner Taschenlampe, und die Dunkelheit um ihn herum schien lebendig zu werden. Tom fühlte ein kaltes Ziehen an seinem Arm, und als er sich umdrehte, sah er eine Gestalt in der Ecke des Raumes – einen alten Mann mit blassem Gesicht und leerem Blick.

„Du bist gekommen, um mich zu befreien, nicht wahr?" flüsterte der Müller mit einer Stimme, die wie das Echo der verlorenen Seelen klang. „Die Schatten verlangen nach dir… nach deinem Licht.“

Tom wollte schreien, aber kein Ton kam aus seinem Mund. Er starrte in die leeren Augen des Müllers, und die Dunkelheit schien sich um ihn herum zu verdichten. Die Wände der Mühle schienen zu atmen, und ein kaltes Lachen erfüllte den Raum.

„Ich kann nicht länger hier bleiben! Ich bin nicht hier, um dir zu helfen!“ rief Tom schließlich aus, als ihm die Fassungslosigkeit und der Schrecken in die Glieder schoss.

Mit einem letzten Funken Mut wandte Tom sich zur Tür und rannte. Die Gestalt des Müllers schien hinter ihm her zu kommen, seine Schattenflügel breiteten sich aus und berührten die Wände der Mühle. Tom stolperte die Treppe hinunter, während die Stimmen des Müllers und die Schatten hinter ihm ihn verfolgten.

Die Mühle schien zu leben, und das Licht des Mondes, das durch die zerbrochenen Fenster fiel, wurde schwächer, als die Dunkelheit ihn einzuholen drohte. Als er endlich die Tür erreichte und nach draußen stürzte, fühlte er, wie sich eine unsichtbare Kraft gegen ihn stemmte. Doch der frische, kalte Nachtwind schien ihm den Weg zu weisen. Er rannte, bis er das Dorf erreichte und nicht mehr zurückblickte.

Tom kehrte zurück zu seinen Freunden, die um das Lagerfeuer im Dorf versammelt waren. Als er ihnen von seiner Erfahrung erzählte, hörten sie ihn gebannt an, und ihre Augen weiteten sich vor Schrecken. Einige der Kinder hatten die Mühle nie betreten, aus Angst vor dem, was darin wohnen könnte.

Die Legende besagte, dass der Müller noch immer in der Mühle umherwanderte, und die Dorfbewohner, die mutig genug waren, in die Nähe zu gehen, konnten manchmal seine flüsternden Worte im Wind hören. Tom wusste, dass die Geschichten wahr waren. Die Mühle war nicht nur ein Ort, an dem Schatten lebten; sie war ein Gefängnis für verlorene Seelen und ein Ort, an dem die Dunkelheit niemals Ruhe finden würde.

In der Sicherheit seines Zimmers, inmitten des schützenden Lichts, schwor Tom sich, nie wieder zu vergessen, was in der alten Mühle verborgen lag – und dass manche Legenden besser unberührt bleiben sollten. Doch das Erlebnis hatte ihn verändert. Die Stimmen der verlorenen Seelen flüsterten ihm in seinen Träumen, und das Bild des alten Müllers verfolgte ihn.

Er konnte nicht schlafen, ohne an die dunklen Schatten zu denken, die in der Mühle lauerten. Es war nicht nur die Mühle, die ihn störte; es war das Wissen, dass die Dunkelheit manchmal in den Schatten der vertrauten Orte lauerte, bereit, jeden zu verschlingen, der zu nahe kam.

Tom begann, die alten Geschichten der Dorfbewohner zu sammeln, die in den Geschichten von Eldenwood verborgen waren. Er wollte mehr über die Mühle erfahren, mehr über den alten Müller und die Geheimnisse, die dort lebten.

Einige Monate später, an einem anderen Halloweenabend, war Tom entschlossen, seine Furcht zu überwinden. Er stellte ein Team aus seinen Freunden zusammen – all jene, die bereit waren, die Mühle erneut zu betreten. Diesmal wollten sie nicht nur das Geheimnis des Müllers entschlüsseln, sondern auch die Dunkelheit, die die Mühle umhüllte, besiegen.

Mit Taschenlampen, einem alten Buch über die Geschichte der Mühle und dem Mut, den er in sich aufbrachte, machten sie sich auf den Weg zurück. Die Mühle stand vor ihnen, düster und bedrohlich, als sie die knarrende Tür erneut aufstießen.

Doch dieses Mal waren sie vorbereitet. Sie hatten sich auf die Legenden vorbereitet und waren entschlossen, das Licht zurückzubringen, das der Müller so dringend benötigte. Sie schlossen sich zusammen und begannen, den alten Zauber zu wirken, um die Schatten zu vertreiben und den alten Müller zu befreien.

Und so nahm das Abenteuer seinen Lauf, in der Hoffnung, dass sie nicht nur die Mühle, sondern auch die Seelen, die dort gefangen waren, befreien konnten – bevor die Dunkelheit sie alle verschlang.

Das Geheimnis des Spiegels

In einem kleinen, abgelegenen Dorf, umgeben von dichten Wäldern und rauschenden Bächen, gab es ein altes, verlassenes Herrenhaus, das die Dorfbewohner nur als „Das Haus der Schatten" bezeichneten. Es war ein düsteres Gebäude mit bröckelndem Putz und zerbrochenen Fenstern, das in der Dämmerung fast lebendig zu wirken schien. Man sagte, dass dort ein verwunschener Spiegel stand, der die Seele desjenigen gefangen hielt, der ihm zu nahekam.

Es war Halloweenabend, als eine Gruppe von vier Freunden – Mia, Leon, Sarah und Timo – beschloss, das Haus der Schatten zu erkunden. Sie hatten Geschichten über den Spiegel gehört, der Wünsche erfüllen konnte, aber nur zu einem schrecklichen Preis. Die Neugier trieb sie an, und jeder von ihnen wollte den Mut beweisen, den sie in sich trugen.

Als die Sonne unterging und die Dunkelheit den Himmel mit einem schaurigen Schleier bedeckte, näherten sie sich dem Herrenhaus. Die Bäume raschelten im kalten Wind, und der Mond warf ein gespenstisches Licht auf den verfallenen Eingang.

„Ich kann es nicht glauben, dass wir das wirklich machen", murmelte Mia, während sie den verrosteten Schlüssel in die knarrende Tür steckte. „Das ist verrückt."

„Wir sind hier, um zu sehen, ob die Geschichten wahr sind", antwortete Leon, der die anderen anfeuerte. „Wir sind nicht Kinder mehr, die Angst vor dem Dunkel haben. Wir sind mutig!"

Timo drückte seine Taschenlampe fester in die Hand und schob die Tür auf. Ein kaltes, abgestandenes Gefühl schlug ihnen entgegen. „Lasst uns schnell einen Blick hineinwerfen und wieder verschwinden", schlug er vor und trat ein.

Im Inneren war das Haus noch düsterer, als sie es sich vorgestellt hatten. Staub und Spinnweben bedeckten alles, und der Geruch von Moder und Verfall hing in der Luft. Mit der Taschenlampe durchsuchten sie die Zimmer, und die Schatten schienen um sie herum zu tanzen.

Schließlich fanden sie den Raum, in dem der legendäre Spiegel stand. Er war groß und rahmenlos, mit einer matten Oberfläche, die das Licht der Taschenlampe kaum reflektierte. Der Spiegel wirkte so, als wäre er aus einem anderen Zeitalter, in dem die Menschen noch an Magie glaubten.

„Das ist er", flüsterte Sarah und trat näher. „Der Spiegel, der Wünsche erfüllt."

Die anderen kamen näher und betrachteten ihre Reflexionen. Doch etwas war seltsam – ihre Spiegelbilder schienen sie nicht nur widerzuspiegeln, sondern auch

Emotionen und Gedanken auszudrücken, die sie nicht hatten. Ein kaltes Frösteln lief Mia über den Rücken.

„Lasst uns einen Wunsch äußern", sagte Leon mutig. „Was haben wir zu verlieren?"

„Es könnte gefährlich sein", warnte Timo. „Wir wissen nicht, was passieren wird."

Aber die Neugier war stärker als die Angst. Leon trat vor den Spiegel und sprach mit fester Stimme: „Ich wünsche mir, unbesiegbar zu sein, um alles zu erreichen, was ich will."

Plötzlich flackerte das Licht in der Lampe, und ein eisiger Wind fegte durch den Raum. Der Spiegel begann zu glühen, und eine dunkle Stimme ertönte: „Ein Wunsch ist nicht ohne Preis. Seid ihr bereit, die Konsequenzen zu tragen?"

Leon zögerte, aber die anderen waren bereits auf ihn eingestimmt. „Ja, wir sind bereit!" riefen sie.

Ein unheimliches Lachen ertönte, und der Spiegel spiegelte nicht nur ihre Gesichter, sondern auch eine dunkle, bedrohliche Wolke, die sich um Leon herum zu formen begann. Plötzlich wurde er von einem gleißenden Licht umhüllt, und die Freunde hielten sich an den Händen, während sie die Dunkelheit um sich herum spürten.

Leon fiel zu Boden, und als sie ihn anstarrten, war er nicht mehr der gleiche. Seine Augen glühten rot, und ein diabolisches Grinsen war auf seinem Gesicht. „Ich bin unbesiegbar!", rief er, und eine seltsame Energie strömte von ihm aus.

„Leon, was ist mit dir?" rief Mia erschrocken. Doch es war zu spät. Leon war in die Dunkelheit eingetaucht, und seine Wünsche hatten ihn verändert. Die Macht, die er erlangt hatte, machte ihn stark, aber sie entblößte auch die Dunkelheit in ihm.

„Wir müssen hier raus!" schrie Timo und versuchte, Leon zurückzuhalten. Aber die Dunkelheit war unbarmherzig und schlang sich um ihn. Der Raum begann zu beben, als die Wände des Hauses die Schreie der gefangenen Seelen aufnahmen.

Die Freunde rannten zur Tür, doch sie war zu. Der Spiegel, der einst eine Quelle der Wünsche war, war nun ein Tor zur Verdammnis. Leon, jetzt von der Dunkelheit besessen, stellte sich ihnen in den Weg. „Ihr könnt nicht entkommen! Ich werde euch alle holen!"

In einem verzweifelten Versuch, ihn zu stoppen, stieß Sarah einen alten Stuhl auf den Spiegel. Der Glas zerbrach mit einem ohrenbetäubenden Krachen, und der Raum wurde von einer bläulichen Aura erleuchtet.

„Das ist der einzige Weg! Wir müssen den Spiegel zerstören!" rief Timo und packte Mia und Sarah an den

Händen. Gemeinsam sprangen sie in die Richtung des Spiegels, der bereits die Schatten zurückhielt, um Leon zu besiegen.

Doch Leon packte Timo und zog ihn zurück. „Ihr könnt nicht entkommen! Ich werde die Macht dieser Dunkelheit nutzen!"

Gerade als die Dunkelheit ihn zu verschlingen drohte, griff Mia zu ihrem Mut und rief: „Leon, kämpfe dagegen an! Das bist nicht du!"

Ein kurzer Moment des Zögerns in Leons Augen ließ die Dunkelheit wanken. Sarah rief: „Wir sind deine Freunde! Du bist nicht allein!"

In diesem Moment spürte Leon den Einfluss der Dunkelheit schwinden, und für einen Augenblick war der Junge, den sie kannten, zurück. „Helft mir!", rief er und streckte die Hand aus.

Sie zogen ihn zurück, und gemeinsam umklammerten sie den zerbrochenen Spiegel. „Wir müssen das Licht zurückbringen!", rief Timo, während sie an der Kraft ihrer Freundschaft festhielten.

Sie schlossen die Augen, und in ihrem Herzen spürten sie, dass ihre Bindung stark genug war, um die Dunkelheit zu vertreiben. Plötzlich schien ein grelles Licht durch den Raum zu strömen, und die Schatten wichen zurück.

Der Spiegel zerbrach vollständig und löste einen Lichtstrahl aus, der die Dunkelheit durchdrang. Leon fiel zu Boden, als die Schatten ihn losließen und er wieder zu sich kam. „Was ist passiert?"

„Du warst gefangen", flüsterte Mia, während sie ihn umarmte. „Wir haben dich zurückgeholt."

Das Haus begann zu beben, als die Dunkelheit zerfiel, und die Freunde rannten zur Tür. Sie stürzten nach draußen, und als die letzte Welle von Schatten im Haus verschwand, wurde der Mond für einen Moment von Wolken verdeckt.

Als sie das Herrenhaus hinter sich ließen, spürten sie, dass der Fluch gebrochen war. Das alte Herrenhaus war nicht mehr das gleiche. Die Dunkelheit, die es beherrscht hatte, war verschwunden, und der Spiegel, der sie gefangen gehalten hatte, war nun nur noch ein Haufen von Scherben.

Als sie in das Dorf zurückkehrten, wussten sie, dass sie etwas Größeres als sich selbst bekämpft hatten. Ihre Freundschaft war stärker geworden, und sie hatten die Dunkelheit in sich selbst und in ihren Freunden besiegt.

Und während Halloween vorüberzog, blieben die Geschichten des Hauses der Schatten und des Spiegels, die Wünsche und die Dunkelheit zurückhielten, für immer in ihrem Gedächtnis verankert. Sie hatten gelernt, dass manche Wünsche besser ungewünscht bleiben sollten und dass die Dunkelheit, die in jedem von uns wohnt, nie ganz verschwinden kann.

Das Flüstern der verlorenen Seelen

In einem kleinen Küstendorf, wo die Wellen unablässig gegen die Klippen schlugen, gab es eine alte Legende, die die Dorfbewohner seit Generationen erzählten. Die Legende sprach von einem vergessenen Leuchtturm, der vor vielen Jahren in einem Sturm zerstört worden war. Man glaubte, dass die Seelen der Seefahrer, die in der Nähe des Leuchtturms umgekommen waren, in den Ruinen gefangen waren und nun als flüsternde Schatten durch die Nacht schlichen, um auf das verlorene Licht zu warten, das sie nach Hause führen würde.

Es war Halloween, und eine Gruppe von fünf Freunden – Emma, Noah, Lila, Ben und Alex – beschloss, sich der Herausforderung zu stellen und den alten Leuchtturm zu erkunden. Sie hatten an diesem Abend von einem gruseligen Lagerfeuer erzählt und wollten die Legende selbst erleben. Jeder von ihnen war auf seine Weise von der Vorstellung, mit Geistern konfrontiert zu werden, fasziniert und zugleich ängstlich.

Die Dunkelheit senkte sich über das Dorf, als sie sich auf den Weg machten. Die einzigen Geräusche waren das Knarren der Zweige und das entfernte Rauschen der Wellen. „Es gibt nichts zu fürchten", versicherte Ben und versuchte, seine eigene Nervosität zu überspielen. „Das sind nur Geschichten!"

„Aber was, wenn die Geschichten wahr sind?", flüsterte Lila und sah über die Schulter. Sie hatte schon viel über die verlorenen Seelen gehört, die in der Nacht umherirrten und auf ihre Erlösung warteten.

Der Leuchtturm war kaum mehr als eine ruinierte Struktur, die sich düster gegen den Nachthimmel abhob. Überwucherte Pflanzen und bröckelnder Ziegel zeugten von der Zeit, die vergangen war, seit das Licht des Leuchtturms die Schifffahrt geleitet hatte.

Als sie den Eingang erreichten, drang ein kalter Wind aus der Dunkelheit des Leuchtturms. „Komm schon, wir gehen rein", sagte Emma mutig und schob die anderen sanft durch die Tür. Sie waren entschlossen, die Geheimnisse des Leuchtturms zu lüften.

Im Inneren war es kalt und feucht. Der Geruch von Salzwasser und Moder hing in der Luft. Mit ihren Handytaschenlampen beleuchteten sie die Wände, die mit Algen und Schimmel bedeckt waren. „Es ist wirklich unheimlich hier", murmelte Noah und konnte sich nicht helfen, seine Stimme zu dämpfen.

„Schau mal dort", rief Lila und zeigte auf einen alten Spiegel, der in der Ecke des Raumes stand. Der Rahmen war aus verrostetem Metall, und das Glas war so trüb, dass es fast unmöglich war, das eigene Spiegelbild zu erkennen.

„Das ist der Spiegel, von dem sie sagen, dass er die verlorenen Seelen zeigt", sagte Ben und trat näher. „Vielleicht ist das der Schlüssel zu dem, was hier geschehen ist."

Plötzlich hörten sie ein leises Flüstern, das durch den Raum schwebte. Es klang wie das Weinen von verzweifelten Seelen. Emma erstarrte. „Habt ihr das gehört?“

„Es ist nur der Wind“, versicherte Noah, obwohl auch er unsicher wirkte. Aber das Flüstern wurde lauter, und die Schatten um sie herum schienen sich zu bewegen. Die Freunde hielten sich an den Händen, während sie sich in einem Kreis aufstellten.

„Wir müssen herausfinden, was sie wollen“, schlug Alex vor. „Vielleicht können wir ihnen helfen.“

Lila trat näher an den Spiegel heran. „Was, wenn wir ihnen etwas sagen? Vielleicht können wir sie beruhigen.“ Sie hielt die Hand auf den Spiegel und sprach mit zitternder Stimme: „Seelen, wenn ihr hier seid, lasst uns wissen, was ihr braucht.“

Das Flüstern verstummte für einen Moment, und dann begann der Spiegel zu leuchten. Bilder tauchten auf der Oberfläche auf – Schiffe in stürmischer See, verzweifelte Männer, die um ihr Leben kämpften, und schließlich die brennende Silhouette des Leuchtturms, der die Dunkelheit erleuchtet.

„Sie wollen zurück“, flüsterte Emma, als sie die Trauer in den Gesichtern der Seefahrer sah. „Sie warten darauf, dass wir das Licht zurückbringen.“

„Wie können wir ihnen helfen?", fragte Ben. „Wir haben keine Möglichkeit, den Leuchtturm wieder zu reparieren."

„Wir könnten ein Licht anzünden", schlug Alex vor. „Ein echtes Licht!"

„Das ist es! Wir müssen ein Feuer machen!", rief Noah. „Das wird sie vielleicht beruhigen und ihnen helfen, weiterzuziehen!"

Die Freunde beschlossen, ein Feuer im oberen Teil des Leuchtturms zu entfachen. Während sie die Treppen hinaufstiegen, spürten sie, wie die Kälte des Raumes allmählich zunahm. Das Flüstern wurde wieder lauter, und die Schatten schienen sie zu verfolgen.

Als sie schließlich den oberen Raum erreichten, fanden sie den alten Lampenturm, der in der Mitte des Raumes stand. „Hier müssen wir es machen", sagte Lila und sammelte trockene Äste und alte Holzstücke, die sie in der Nähe fanden.

Mit einem Streichholz zündeten sie das Feuer an, und es flammte auf. Das warme Licht durchbrach die Dunkelheit und tanzte an den Wänden.

Plötzlich wurde das Flüstern zu einem Chor, der um sie herum wehte. Die Schatten formten sich zu schemenhaften Gestalten, die dankbar wirkten. „Vielen Dank!", hörten sie eine Stimme, die wie ein Windhauch klang. „Das Licht bringt uns Frieden."

Die Freunde schlossen die Augen und hielten sich fest an den Händen, während das Licht des Feuers stärker wurde. Die Schatten um sie herum begannen zu verschwinden, und die flüsternden Stimmen verwandelten sich in ein harmonisches Lied, das die Dunkelheit durchbrach.

Als sie die Augen wieder öffneten, war der Raum hell erleuchtet, und die Gestalten der Seelen lächelten ihnen zu, bevor sie in einem strahlenden Licht verschwanden.

„Es ist vorbei", sagte Emma und sah sich um. „Wir haben ihnen geholfen."

Erleichtert und erschöpft verließen sie den Leuchtturm und kehrten in die Nacht zurück. Die Wellen rauschten beruhigend, als sie den Weg ins Dorf zurückgingen.

Sie hatten nicht nur den Geistern des Leuchtturms geholfen, sondern auch sich selbst. Die Dunkelheit hatte sie geprüft, aber das Licht der Freundschaft hatte gesiegt.

In dieser Halloween-Nacht waren sie nicht nur Zeugen eines Geheimnisses geworden, sondern hatten auch die Macht des Lichts inmitten der Dunkelheit erkannt. Und während die Sterne über dem Dorf leuchteten, wussten sie, dass sie nie wieder die gleichen sein würden – sie waren Teil einer Geschichte, die sie für immer begleiten würde.

Die Schatten von Eldridge Manor

In der alten Stadt Eldridge, wo die Nebel wie ein geheimnisvoller Schleier über die Straßen zogen, stand ein imposantes Herrenhaus, das für seine düstere Geschichte bekannt war. Eldridge Manor war seit Generationen im Besitz der Familie Thorne, die im Dorf gefürchtet und gemieden wurde. Es hieß, dass die Seelen der Verstorbenen noch immer durch die Hallen des Anwesens schlichen, und niemand wagte es, nach Einbruch der Dunkelheit in die Nähe des Hauses zu kommen.

Es war Halloween, als eine Gruppe von Jugendlichen – Mia, Jake, Sam und Liz – beschloss, den Mut zusammenzunehmen und das verfluchte Herrenhaus zu erkunden. Mia, die immer auf der Suche nach einem Abenteuer war, hatte von den Geschichten gehört und wollte unbedingt herausfinden, ob es wahr war, dass das Haus von Geistern heimgesucht wurde.

„Komm schon, das ist unsere Chance, berühmt zu werden!", sagte Mia und sah die anderen an. „Stellt euch vor, wir machen ein Video und es wird viral!"

„Oder wir werden von den Geistern gefressen", murmelte Liz, die sich nicht sicher war, ob das wirklich eine gute Idee war. Doch die anderen waren entschlossen, und so machte sich die Gruppe auf den Weg zu Eldridge Manor.

Als sie vor dem Herrenhaus standen, drang ein kalter Wind durch die Straßen. Das Anwesen war von einer dichten

Hecke umgeben, die wie ein Gefängnis wirkte. Die Fenster waren dreckig und unheimlich, und das Tor quietschte, als sie es öffneten. Der Duft von Moder und alten Geheimnissen lag in der Luft.

„Das wird spaßig", sagte Jake, obwohl auch er nervös wirkte. Sie betraten das Haus und wurden sofort von der Dunkelheit umschlossen. Ihre Handytaschenlampen flackerten, während sie sich vorsichtig durch den Flur bewegten. Die Wände waren mit verblassten Porträts der Familie Thorne geschmückt, deren Augen schienen, sie zu beobachten.

„Hier ist nichts, das wir nicht schon gehört haben", sagte Sam und klopfte gegen eine Wand. Doch in diesem Moment hörten sie ein leises Flüstern, das durch den Raum schwebte.

„Was war das?", flüsterte Liz und drückte sich enger an Mia.

„Es ist nur der Wind", versicherte Mia, obwohl sie selbst nicht sicher war. Sie gingen weiter in das Herz des Hauses, bis sie eine große Halle erreichten, in der sich ein wunderschöner, aber verstaubter Kronleuchter über ihnen schwebte.

„Sieh dir das an!", rief Jake und deutete auf eine Treppe, die nach oben führte. „Lass uns nachsehen, was da oben ist."

Die Gruppe stieg die knarrenden Stufen hinauf, und als sie die oberste Treppe erreichten, hörten sie ein weiteres Flüstern, das jetzt deutlicher zu hören war. „Hilfe…"

„Das klingt nicht gut", murmelte Liz, aber Mia war bereits entschlossen, der Stimme zu folgen.

Sie gingen weiter in einen großen Raum, der einst prächtig gewesen sein musste, jetzt aber nur noch Schatten und Staub beherbergte. Plötzlich spürten sie einen kalten Luftzug, und aus dem Nichts erschienen zwei schattenhafte Gestalten, die durch den Raum schwebten. Es waren die Geister von zwei Frauen, die in alten, zerfetzten Kleidern gekleidet waren.

„Warum seid ihr hier?", fragte eine der Frauen mit einer Stimme, die wie ein Hauch des Windes klang. „Es ist gefährlich für euch hier."

„Wir… wir wollten nur sehen, ob die Geschichten wahr sind", stammelte Mia und bemerkte, dass ihre Stimme zitterte.

„Die Geschichten sind wahr", antwortete die andere Frau, die traurig lächelte. „Aber wir sind nicht hier, um euch zu schaden. Wir suchen Hilfe."

Die Geister erzählten ihnen von der dunklen Vergangenheit der Familie Thorne. Sie waren vor vielen Jahren im Herrenhaus ermordet worden, und ihre Seelen waren gefangen, unfähig, ins Licht zu gehen. „Wir können die Dunkelheit nicht verlassen, bis das Geheimnis gelüftet ist, das zu unserem Tod führte", sagte die erste Frau.

„Was müssen wir tun?", fragte Jake und spürte, wie die Spannung in der Luft zunahm.

„Findet das Buch, das im Bibliotheksraum versteckt ist", erklärte die andere Frau. „Es enthält die Wahrheit über das, was geschah. Aber seid vorsichtig, denn die Dunkelheit wird nicht wollen, dass ihr es findet."

Die Jugendlichen machten sich auf den Weg zur Bibliothek, die sich im unteren Stockwerk des Herrenhauses befand. Der Raum war vollgestopft mit alten Büchern, deren Seiten vergilbt und zerbrechlich waren.

„Wo soll das Buch sein?", fragte Liz und sah sich um.

„Es muss hier irgendwo sein", murmelte Sam und begann, die Regale zu durchsuchen. Plötzlich hörten sie wieder das Flüstern – es wurde lauter, fast drängend.

„Hier!", rief Mia, als sie ein großes, verstaubtes Buch auf einem Tisch fand. Es war mit einem schweren, roten Samtbezug umhüllt. Sie öffnete das Buch vorsichtig, und die Seiten waren mit alten Zeichnungen und Notizen gefüllt.

„Sieh dir das an!", rief Mia und zeigte auf eine Zeichnung, die die Familie Thorne darstellte. Es gab auch Notizen über einen Streit um Macht und Geld, der zu einem brutalen

Konflikt geführt hatte. „Das ist es! Hier steht, dass der Mörder ein Mitglied der Familie war!"

Die Geister der Frauen schwebten näher und beobachteten sie mit hoffnungsvollen Augen. „Ihr habt es gefunden! Jetzt müsst ihr die Wahrheit ans Licht bringen. Nur dann können wir endlich Frieden finden."

Doch in diesem Moment spürten sie eine dunkle Präsenz, die sich um sie herum versammelte. Die Schatten des Herrenhauses schienen lebendig zu werden und umzingelten die Jugendlichen.

„Wir müssen hier raus!", schrie Jake und packte Mia am Arm. Sie rannten zur Tür, doch sie war zu und ließ sich nicht öffnen. Die Dunkelheit wurde dichter, und die Geister der Frauen begannen zu weinen.

„Bleibt hier! Ihr könnt die Wahrheit nicht entkommen!", schrie eine der Schatten, während sie näherkam.

„Wir müssen die Geister befreien!", rief Mia und erinnerte sich an die Worte der Frauen. „Wir müssen die Wahrheit ans Licht bringen!"

Sie hielten das Buch hoch und riefen laut: „Die Wahrheit über die Familie Thorne ist, dass ein Mitglied sie verraten hat! Ihr seid nicht die einzigen, die leiden mussten!"

In diesem Moment durchbrach ein grelles Licht die Dunkelheit, und die Schatten begannen zu verblassen. Die

Geister der Frauen erhoben sich und wurden von dem Licht umhüllt. „Danke!“, riefen sie im Chor, während sie in das Licht aufstiegen.

Als die Schatten verschwanden, öffnete sich die Tür mit einem lauten Knall, und die Jugendlichen stürmten nach draußen, dem frischen Nachtluft entgegen.

„Wir haben es geschafft“, keuchte Liz, als sie das Herrenhaus hinter sich ließen. „Wir haben ihnen geholfen.“

Die Nebel um Eldridge Manor begannen sich zu lichten, und die Sterne leuchteten klarer als je zuvor. Die Jugendlichen hatten nicht nur die Geister befreit, sondern auch die Dunkelheit besiegt, die so lange über dem Herrenhaus geschwebt hatte.

Von diesem Halloween an blieb Eldridge Manor nicht mehr der Ort des Schreckens, sondern wurde ein Symbol für die Kraft der Wahrheit und die Befreiung von der Dunkelheit. Und die Geschichten, die einst gefürchtet wurden, verwandelten sich in Legenden der Hoffnung und des Mutes, die von Generation zu Generation weitergegeben wurden.

Das Flüstern in Grimms Hollow

In der kleinen Stadt Grimms Hollow gab es eine Legende, die die Einwohner jedes Jahr zu Halloween erzählten: die Geschichte vom Flüsterwald. Man sagte, dass der Wald in der Nacht des 31. Oktober lebendig wurde und die Stimmen der Verstorbenen zu hören waren, die aus den Schatten flüsterten. Die Menschen, die sich in den Wald wagten, kehrten nie wieder zurück, und die wenigen, die es taten, waren nie mehr dieselben.

Eine Gruppe von Freunden – Amy, Lucas, Sarah und Mark – hatte sich entschieden, den Mut zu testen und die düstere Legende zu erkunden. Sie waren unerschrocken, oder so dachten sie. An Halloween versammelten sie sich in Amys Haus, wo sie sich mit Snacks und gruseligen Geschichten auf die Nacht vorbereiteten.

„Das wird unser größtes Abenteuer!", rief Amy und zündete eine Kerze an. „Wir gehen in den Flüsterwald!"

Lucas, der skeptische Teil der Gruppe, schüttelte den Kopf. „Seid ihr sicher, dass das eine gute Idee ist? Was, wenn die Geschichten wahr sind?"

„Es gibt keine Geister! Das sind alles nur alte Märchen!", erwiderte Sarah. „Komm schon, lass uns einfach gehen!"

Als die Dunkelheit hereinbrach, machten sie sich auf den Weg zum Flüsterwald. Der Pfad war schmal und von Bäumen gesäumt, die wie knorrige Finger in den Himmel ragten. Die Luft wurde kälter, und der Wind flüsterte durch die Blätter, als ob der Wald sie begrüßte.

„Hört ihr das?", fragte Mark nervös und hielt inne. „Es klingt, als ob sie uns rufen!"

„Das ist nur der Wind", beruhigte Amy ihn. Doch je tiefer sie in den Wald gingen, desto lauter wurden die Stimmen. Es waren keine klaren Worte, sondern ein gedämpftes Murmeln, das ihre Herzen schneller schlagen ließ.

Schließlich erreichten sie eine Lichtung, in deren Mitte ein großer, knorriger Baum stand, dessen Äste sich wie ausgreifende Hände über sie hinwegbeugten. An den Wurzeln des Baumes lag ein altes, verwittertes Buch.

„Schaut mal, was ich gefunden habe!", rief Amy und hob das Buch auf. Es war in Leder gebunden und mit seltsamen Symbolen verziert. „Lasst uns nachsehen, was darin steht!"

„Das sieht nicht gut aus", murmelte Lucas. „Wir sollten besser gehen."

Aber Amy blätterte schon durch die Seiten, während die anderen sie skeptisch beobachteten. Plötzlich hörten sie ein lautes Flüstern, das um sie herumwirbelte.

„Lest nicht! Lest nicht!", schallte es aus dem Wald.

„Was war das?", fragte Sarah, die sich ängstlich an Mark klammerte.

„Das ist nur Einbildung“, sagte Amy und las laut eine Passage aus dem Buch. „Wenn die Nacht sich senkt und der Mond aufsteigt, wird der Wald lebendig, und die Seelen der Vergessenen suchen nach einem neuen Körper…“

In diesem Moment wurde der Himmel plötzlich dunkel, und der Wind heulte durch die Bäume. Der große Baum begann zu schwanken, und die Schatten wurden lebendig. Aus den Büschen schälten sich gesichtslose Gestalten, die langsam auf die Gruppe zukamen.

„Wir müssen hier weg!“, schrie Lucas, aber die Dunkelheit umgab sie, und die Gespenster zogen näher.

„Ihr habt die Schwelle überschritten!“, flüsterten die Schatten mit Stimmen, die wie tausend Stimmen klangen. „Ihr seid jetzt ein Teil des Waldes!“

Die Freunde rannten, so schnell sie konnten, durch den Wald. Doch egal, in welche Richtung sie liefen, die Stimmen verfolgten sie. Die Schatten schienen sie immer wieder einzuholen, und die Dunkelheit wurde dicker.

Als sie dachten, sie hätten einen Ausweg gefunden, wurden sie von einer unsichtbaren Kraft zurückgerissen. Lucas fiel zu Boden und sah, wie die Schatten ihn umschlossen. „Amy! Hilf mir!“, rief er verzweifelt, während die Dunkelheit ihn ergriff.

„Ich kann nicht!" Amy schrie und kämpfte gegen die Kälte an, die um sie herum waberte. Die Stimmen wurden lauter, und das Flüstern erfüllte ihren Kopf, bis sie sich nicht mehr konzentrieren konnte. „Wir müssen das Buch zurücklassen!"

Mark, der es leid war, zu rennen, riss das Buch aus Amys Händen und hielt es hoch. „Was auch immer hier los ist, wir müssen die Macht brechen!

Die Gespenster hielten inne, und ein schwaches Licht durchbrach die Dunkelheit. „Wir sind die vergessenen Seelen. Ihr dürft nicht gehen, bis die Wahrheit ausgesprochen ist!", rief eine der Gestalten.

„Wir sind nicht hier, um zu bleiben!", schrie Sarah. „Lasst uns los!"

„Wenn ihr die Wahrheit sagt, wird das Buch uns befreien!", rief die Gestalt.

Mark, der mutig war, trat vor und sagte: „Die Menschen, die ihr einst wart, sind nicht mehr hier. Wir können euch nicht zurückgeben, was verloren ist. Aber wir können euch helfen, euren Frieden zu finden!"

Die Stimmen wurden wütend, und die Dunkelheit um sie herumtobte. „Ihr dürft nicht über uns urteilen!", schallte es. „Die Macht des Waldes wird euch fangen!"

Doch Amy, die sich an das Flüstern erinnerte, das sie zu diesem Ort geführt hatte, rief: „Die Dunkelheit kann nicht gewinnen! Die Vergangenheit ist vergangen, und wir sind hier, um zu leben!"

In diesem Moment begannen die Gespenster zu verblassen, und die Schatten zogen sich zurück. Das Buch leuchtete auf und die Gespenster wurden in das Licht des Baumes hineingezogen.

Als der letzte Schatten verschwunden war, stand die Gruppe atemlos in der Lichtung. Der Wald war still, und der Mond schien hell durch die Äste.

„Haben wir es geschafft?", fragte Lucas, als sie endlich zur Ruhe kamen.

„Ich glaube schon", murmelte Amy und sah auf das Buch, das nun geschlossen vor ihnen lag. „Wir müssen zurück, bevor es zu spät ist."

Sie rannten zurück durch den Wald, bis sie endlich den Ausgang erreichten. Hinter ihnen hörten sie das letzte Flüstern der Seelen: „Danke…"

Von diesem Halloween an war der Flüsterwald nicht mehr der Ort des Schreckens. Die Geschichten wurden zwar weiterhin erzählt, aber nun wussten die Bewohner von Grimms Hollow, dass der Wald befreit war.

Die Legenden lebten weiter, aber die Dunkelheit hatte ihren Einfluss verloren. Die Freunde hatten nicht nur ihre Angst überwunden, sondern auch die Seelen des Waldes befreit, und in der kleinen Stadt wurde Halloween zu einem Fest des Gedenkens und der Hoffnung.

Die Stimmen, die einst geflüstert hatten, wurden zu einem sanften Lied, das den Wald erfüllte, und die Dunkelheit hatte ihre Macht verloren. Sie hatten das Flüstern in etwas Schönes verwandelt.

Die Flüsternde Dunkelheit

In einer abgelegenen Stadt, umgeben von düsteren Wäldern und einem ständigen Nebel, der die Straßen umhüllte, lebte eine alte Hexe namens Agnes. Sie war bekannt für ihre unheimlichen Fähigkeiten und ihre Vorliebe für die Dunkelheit. Die Dorfbewohner mieden sie, erzählten sich Geschichten über die Flüche, die sie aussprach, und die Seelen, die sie sammelte. Es wurde gesagt, dass ihre Hütte im Wald niemals das Licht der Sonne sah und dass der Klang von Flüstern aus den Bäumen drang, sobald die Nacht hereinbrach.

Es war Halloween, und die Stimmung in der Stadt war angespannt. Die Kinder hielten sich an ihre Eltern fest, wenn sie an der Hütte vorbeikamen, und die Erwachsenen erzählten Geschichten über die Schrecken, die Agnes denjenigen zuleide tat, die es wagten, ihr zu nahe zu kommen. Doch in dieser Nacht wollte eine Gruppe von vier Freunden – Mia, Ben, Julia und Marco – die Herausforderung annehmen. Sie hatten genug von den Geschichten und wollten der Hexe einen Besuch abstatten.

„Es sind nur Geschichten! Wir gehen einfach hin, machen ein paar Fotos und kommen dann zurück", sagte Ben und grinste. „Das wird ein Spaß!"

Mia war skeptisch. „Bist du dir sicher? Es könnte gefährlich sein."

„Ach, komm schon! Wo ist dein Abenteuergeist?",
erwiderte Marco und zwinkerte ihr zu. Julia nickte und
fügte hinzu: „Es ist Halloween! Lass uns etwas
Aufregendes erleben!"

Schließlich überzeugten sie Mia, und die Gruppe machte
sich auf den Weg zur Hütte. Der Nebel wurde dichter, und
die Bäume schienen sie wie hungrige Wesen zu
beobachten, während sie durch den Wald gingen. Die
Dunkelheit umhüllte sie, und das Flüstern des Windes
wurde lauter, als sie die Hütte erreichten.

Die Hütte war alt und morsch, mit einem Dach, das fast
eingestürzt war. Ein kalter Schauer lief Mia über den
Rücken, als sie die knarrende Tür öffneten und eintraten.
Der Geruch von faulendem Holz und Kräutern überkam
sie. Die Wände waren mit seltsamen Symbolen bedeckt,
und in der Mitte des Raumes stand ein großer Kessel, der
unheimlich dampfte.

„Schaut euch das an!", rief Ben und hielt seine
Taschenlampe auf den Kessel. „Was könnte da drin sein?"

„Das sieht nicht gut aus", flüsterte Mia und spürte ein
Unbehagen in ihrem Magen. Plötzlich hörten sie ein lautes
Krachen. Die Tür fiel ins Schloss, und die Hütte war in
Dunkelheit gehüllt.

„Was war das?", fragte Julia panisch. Die Freunde
drängten sich zusammen, als ein leises, flüsterndes Lachen
aus den Schatten drang.

„Willkommen, meine Lieben…“, erklang eine krächzende Stimme aus der Dunkelheit. Agnes trat aus den Schatten, ihre Augen funkelten wie glühende Kohlen, und ihr Gesicht war von Falten und einem breiten, schaurigen Lächeln geprägt.

„Was führt euch in mein Reich?“, fragte sie mit einer Stimme, die wie das Rascheln von Laub klang.

„Wir… wir sind nur neugierig“, stammelte Ben, während er versuchte, seinen Mut zusammenzunehmen.

„Neugierde ist ein gefährliches Spiel“, murmelte Agnes und hob einen Finger. „Ihr wisst nicht, mit wem ihr es zu tun habt. Ich habe viele Seelen gesammelt, und ihr könnt die nächsten sein.“

In diesem Moment verwandelte sich die Hütte. Die Wände schienen sich zu verengen, und die Luft wurde schwer. Schreie und Flüstern hallten durch den Raum, als die Freunde die Umrisse von gefangenen Seelen sahen, die verzweifelt um Hilfe riefen.

„Lasst uns gehen!“, schrie Julia und rannte zur Tür, doch sie war fest verschlossen. Die Dunkelheit hatte sie gefangen.

„Es gibt kein Entkommen!“, lachte Agnes. „Ihr seid jetzt Teil meines Spiels!“

Die Jagd beginnt

Plötzlich erlosch das Licht, und sie fanden sich in völliger Dunkelheit wieder. Die Flüstern wurden lauter, und die Schatten um sie herum bewegten sich. Die Freunde versuchten, sich gegenseitig zu finden, während sie vor Angst zitterten.

„Wir müssen die Hütte verlassen!", rief Marco. „Hier gibt es keinen Ausweg!"

„Halt die Augen offen!", fügte Mia hinzu und blinzelte in die Dunkelheit.

Doch die Schatten griffen nach ihnen, zogen sie in verschiedene Richtungen. Mia schrie, als eine kalte Hand ihren Arm packte und sie in den Nebel zerrte. „Hilf mir!", rief sie, aber der Nebel schloss sich um sie, und das Flüstern wurde zu einem unerträglichen Geschrei.

Agnes erschien plötzlich vor Mia, ihr Gesicht war furchtbar verzerrt. „Du hast zu viel gesehen, kleines Mädchen. Nun wirst du lernen, was es bedeutet, zu bezahlen."

Mia fiel zu Boden, als eine eisige Kälte sie erfasste. „Ich will nicht sterben! Bitte!"

„Du bist nicht hier, um zu leben", flüsterte Agnes. „Du bist hier, um Teil meines Spiels zu werden. Eine Seele, die ich hinzufügen kann."

In der Ferne hörte Mia die Schreie ihrer Freunde und das gequälte Lachen der Hexe. Sie fühlte, wie die Dunkelheit sie umhüllte, und ihre Gedanken wurden wirr.

Gerade als sie das Gefühl hatte, dass alles verloren war, hörte sie eine Stimme – Ben! „Wir müssen zusammenhalten!"

Die Freunde fanden sich wieder, umgeben von den Schreien und dem Chaos. Sie hielten sich an den Händen und schlossen die Augen. „Wir müssen die Dunkelheit besiegen!", rief Ben.

Mit aller Kraft, die sie aufbringen konnten, begannen sie, die Namen der Verstorbenen zu rufen, die in der Hütte gefangen waren. „Wir geben euch unsere Kraft! Kommt zu uns zurück!"

Plötzlich begann die Hütte zu beben. Die Wände zerbarsten, und der Nebel wurde lichter. Agnes schrie, als die Seelen sich aus ihrer Gefangenschaft befreiten und sich gegen sie wandten.

„Das ist mein Haus!", schrie die Hexe, während die Seelen sie umschlossen.

Ein grelles Licht brach durch die Dunkelheit, und die Schatten wurden in den Kessel zurückgezogen. Der Boden bebte, und die Hütte begann zu kollabieren.

„Lauft!", rief Julia, und sie rannten zur Tür, die sich nun öffnete. Als sie hinaus stürzten, hörten sie hinter sich einen ohrenbetäubenden Knall.

Die Hütte fiel in sich zusammen, und der Nebel begann sich zu lichten. Die Schreie der Seelen wurden leiser, und die Dunkelheit wich dem Licht.

Die Freunde standen zitternd im Mondlicht, das durch die Bäume schien. Hinter ihnen lag die Ruine des Hauses, in dem sie gefangen waren.

„Wir… wir haben es geschafft", stammelte Mia, während sie sich umdrehte. „Wir sind frei!"

Aber die Erinnerung an die Schreie und das Lachen der Hexe blieb in ihren Köpfen. Das Flüstern, das sie aus dem Wald gehört hatten, war nie ganz verschwunden.

Von diesem Tag an war Halloween für sie mehr als nur ein Fest – es war ein ständiger Hinweis darauf, dass die Dunkelheit immer auf der Lauer lag. Und während sie in den sicheren Kreis des Lichtes zurückkehrten, konnte jeder von ihnen das leise Flüstern hören, das in den Bäumen schwebte – das Versprechen der Hexe, dass sie eines Tages zurückkehren würde.

Die Schatten des Verborgenen

In einer kleinen Stadt, umgeben von dichten Wäldern und starren Bergen, stand eine alte, verlassene Psychiatrie. Die Gebäude waren von der Zeit gezeichnet, und die Fenster schienen wie leere Augen zu starren, die das Geschehen draußen beobachteten. Die Dorfbewohner waren sich einig: Die Psychiatrie war ein Ort des Schreckens, ein Ort, an dem die Seelen der Verstorbenen nicht zur Ruhe kamen.

Es war Halloween, und eine Gruppe von fünf Freunden – Emma, Lucas, Sophie, David und Mia – beschloss, die verlassene Psychiatrie zu erkunden. Die Geschichten über die verlorenen Seelen und die Experimente, die dort durchgeführt worden waren, hatten sie immer fasziniert. „Wir müssen unbedingt hinein!", sagte Emma, während sie vor dem Eingang stand und die dicken Spinnweben abklopfte, die die Tür umhüllten.

„Ich weiß nicht, ob das eine gute Idee ist", murmelte Sophie, während sie nervös von einem Fuß auf den anderen trat. „Was, wenn wir nicht wieder rauskommen?"

„Das ist alles nur ein Mythos!", erwiderte David, der sich schon auf den Weg nach drinnen machte. „Komm schon, es wird lustig!"

Mit einem letzten zögernden Blick folgten die anderen ihm in die Dunkelheit. Der Geruch von Moder und Verfall schlug ihnen entgegen, als sie den Eingang überquerten. Ihre Taschenlampen flackerten und warfen Schatten an die

Wände, die mit vergilbten Plakaten und verblassten Fotos überzogen waren.

„Schaut euch das an!", rief Lucas und zeigte auf ein Bild an der Wand. „Das sind die ehemaligen Patienten."

Die Freunde schauten sich die Gesichter an – eine Mischung aus Verwirrung, Angst und manchmal auch Lächeln. „Das ist gruselig", flüsterte Mia und fühlte sich unbehaglich.

Als sie tiefer in die Psychiatrie vordrangen, hörten sie plötzlich ein leises Flüstern. „Habt ihr das gehört?", fragte Emma, und die Gruppe hielt inne.

„Es war nur der Wind", meinte David, doch seine Stimme klang unsicher.

Sie betraten einen langen Flur, der von flackernden Lichtern erhellt wurde. Die Atmosphäre war beklemmend, und die Schatten schienen sich zu bewegen, als wären sie lebendig. Plötzlich bemerkten sie eine Tür, die leicht geöffnet war.

„Lass uns da reingehen", schlug Lucas vor. „Vielleicht finden wir etwas Interessantes."

Als sie eintraten, fanden sie sich in einem Raum voller medizinischer Instrumente und alten, zerfetzten Notizen wieder. Die Wände waren mit Kratzern und Schmierereien bedeckt.

„Das sieht aus wie das Zimmer eines Wahnsinnigen", sagte Sophie und schaute sich ängstlich um. „Ich mag das nicht."

Doch gerade als sie sich umdrehten, um zu gehen, hörten sie ein lautes Krachen. Die Tür fiel ins Schloss, und die Lichter erloschen.

„Was zur Hölle?!", schrie Emma, während Panik aufstieg.

In der Dunkelheit hörten sie das Flüstern wieder – klarer und eindringlicher als zuvor. „Holt uns hier raus…", hallte es aus den Wänden.

„Wir müssen einen Ausweg finden!", rief Lucas, während er versuchte, die Tür zu öffnen, aber sie war fest verriegelt.

Plötzlich tauchten Figuren in der Dunkelheit auf – Schatten, die sich wie von Geistern bewegt über den Boden schoben. Sie waren die verlorenen Seelen der ehemaligen Patienten, gefangen in diesem Ort des Schreckens. Ihre verzweifelten Gesichter schauten die Freunde an, ihre Augen voller Angst und Wut.

„Helft uns!", rief eine der Figuren. „Wir wurden hier festgehalten!"

Panisch versuchten die Freunde, einen Weg aus dem Raum zu finden. Emma bemerkte ein Fenster am anderen Ende des Raumes, das jedoch viel zu hoch war.

„Wir müssen zusammenarbeiten!“, rief David und schaute zu Lucas. „Du und Mia, hebt Emma hoch!“

Als sie dies taten, spürten sie, wie die Schatten sie umzingelten. „Ihr könnt uns nicht entkommen!“, flüsterten sie.

Doch plötzlich fiel ein kaltes Licht über den Raum, und die Schatten schienen zu zögern. „Wir können es nicht zulassen!“, rief Sophie. „Es muss einen Weg geben, sie zu befreien!“

Schnell durchsuchten sie die Umgebung und fanden ein altes Buch, das auf dem Tisch lag. „Hier steht etwas über ein Ritual, um die Seelen zu befreien“, las Mia laut. „Wir müssen es durchführen, bevor es zu spät ist.“

Mit zitternden Händen begannen sie, die Worte des Rituals zu rezitieren, während die Schatten immer näher kamen. „Wir müssen glauben, dass wir die Seelen befreien können!“, rief Emma und schaute in die Augen ihrer Freunde.

Die Luft um sie herum begann zu flimmern, und das Flüstern verwandelte sich in Schreie der Seele, die um Freiheit kämpften.

Gerade als das Ritual seinen Höhepunkt erreichte, hörten sie ein schreckliches Lachen – Agnes war zurückgekehrt. „Ihr denkt, ihr könnt uns besiegen? Ihr seid nichts!“

Ein greller Blitz durchzuckte den Raum, und die Wände begannen zu wanken. Die Schatten schienen sich zusammenzuziehen, und die Schreie wurden ohrenbetäubend.

Plötzlich erlosch das Licht, und ein unheimlicher Wind fegte durch den Raum.

Als die Dunkelheit sich wieder legte, fanden sich Emma, Lucas, Sophie, David und Mia auf dem Boden wieder – umgeben von Stille. Das Zimmer war leer, und die Schatten waren verschwunden.

„Haben wir es geschafft?“, flüsterte Lucas und schaute sich um.

Doch als sie sich erhoben und zur Tür gingen, bemerkten sie etwas Unheimliches: Die Gesichter der ehemaligen Patienten schauten sie von den Wänden an, ihre Augen weinten Blut.

„Das sind wir!“, flüsterten die Schatten, die sich wieder zu bewegen schienen. „Wir sind immer noch hier…“

Als sie die Tür öffneten und ins Freie traten, erblickten sie einen dichten Nebel, der den Weg versperrte. Der Schrecken des Ortes blieb hinter ihnen, und das Lachen von Agnes hallte in ihren Ohren.

In der Ferne hörten sie das Flüstern wieder, und die Frage nagte an ihren Herzen: „Hatten sie wirklich die Seelen befreit, oder war das nur der Anfang eines schrecklichen

Die Freunde sahen sich an, jeder von ihnen wusste, dass etwas Schreckliches in dieser Nacht geschehen war. Und während sie durch den Nebel gingen, der sie umhüllte, spürten sie die kalte Hand der Angst, die sie festhielt.

„Was, wenn wir nicht allein sind?“, murmelte Sophie, und die Antwort lag in der Stille, die um sie herum schwebte.

Sie gingen weiter in die Nacht, und der Nebel schloss sich hinter ihnen, während die Dunkelheit darauf wartete, dass sie zurückkamen.

Das Verlorene Hotel

In einer abgelegenen, nebelverhangenen Region, wo die Straßen oft von schaurigen Legenden gesäumt waren, stand ein altes Hotel namens „Das Verlorene Hotel". Es war bekannt für seine faszinierende Geschichte und seine unheimliche Atmosphäre, die die wenigen Reisenden, die sich dort niederließen, in den Bann zog. Die Einheimischen mieden den Ort, denn sie wussten, dass es dort nicht mit rechten Dingen zuging. Geschichten von verschwundenen Gästen und unerklärlichen Phänomenen hielten sie fern.

Es war Halloween, als eine Gruppe von vier Freunden – Sarah, Max, Julia und Ben – beschloss, das Hotel zu erkunden. Sie hatten die Geschichte des Hotels gehört und waren neugierig auf die Geheimnisse, die es barg. „Das wird der gruseligste Halloween-Abend überhaupt!", rief Max, während sie die knarrende Treppe zum Haupteingang hinaufstiegen.

Als sie eintraten, empfing sie der muffige Geruch von Staub und Schimmel. Die Lobby war düster, mit alten Möbeln, die in einem schwachen Lichtschein schimmerten. Hinter dem Empfangstresen stand ein älterer Mann mit tiefen Falten in seinem Gesicht und einem Blick, der die Geheimnisse des Hotels zu bewahren schien. „Willkommen im Verlorenen Hotel", sagte er mit einer krächzenden Stimme. „Hoffentlich bleibt ihr nicht zu lange."

Die Freunde schauten sich an, spürten jedoch eine merkwürdige Mischung aus Faszination und Unbehagen. „Wir werden nur für eine Nacht bleiben", antwortete Sarah und versuchte, die beklemmende Atmosphäre zu ignorieren.

Sie erhielten ihre Schlüssel und begaben sich in ihre Zimmer im zweiten Stock. Die Gänge waren eng und schummrig beleuchtet. Während sie durch den Flur gingen, bemerkten sie die abblätternde Tapete und die Schatten, die sich in den Ecken verbargen. „Das ist ja gruselig hier", murmelte Julia, während sie nervös um sich blickte.

Nachdem sie ihre Sachen abgeladen hatten, beschlossen sie, das Hotel zu erkunden. Als sie durch die Gänge wanderten, hörten sie plötzlich leises Flüstern, als würde jemand ihren Namen rufen. „Habt ihr das gehört?", fragte Ben und hielt inne.

„Es war nur der Wind", antwortete Max, obwohl sein Gesicht eine Spur von Unruhe verriet.

Im dritten Stock entdeckten sie eine alte Bibliothek, die voll mit verstaubten Büchern und vergilbten Zeitschriften war. Auf einem Tisch lag ein offenes Buch, das die Geschichte des Hotels und seiner früheren Gäste enthielt. „Hier steht etwas von einem Ritual, das die Seelen der Gäste bindet", sagte Sarah und zeigte auf die Seiten. „Es scheint, als würden die Leute hier nie wirklich gehen."

Plötzlich flackerte das Licht, und ein kalter Wind zog durch den Raum. „Wir sollten zurückgehen", drängte Julia, aber Sarah war fasziniert. „Wir müssen mehr herausfinden!

Als sie die Bibliothek verließen, bemerkten sie einen dunklen Schatten, der durch den Flur schoss. „Was war das?", flüsterte Ben, während er unruhig den Kopf drehte.

Die Freunde folgten dem Schatten, der sie zu einem alten Ballsaal führte. Die Wände waren mit verwelkten Vorhängen und zerbrochenen Spiegeln bedeckt. In der Mitte des Raumes stand ein alter Kristalllüster, der im schwachen Licht schimmerte.

„Es ist schön hier", sagte Julia, doch ihre Stimme war zitternd. Plötzlich begann der Lüster zu schwingen, und die Schatten an den Wänden schienen zu tanzen.

Ein unheimliches Lachen erfüllte den Raum. „Ihr seid hier, um zu bleiben", ertönte eine Stimme, die durch die Wände zu hallen schien.

Panisch rannten sie zurück in die Lobby, aber der ältere Mann war verschwunden. Das Hotel hatte sich verändert; die Wände schienen sich zu bewegen, und die Türen waren verriegelt. „Wir müssen einen Ausweg finden!", rief Max.

In der Dunkelheit hörten sie das Flüstern wieder, aber jetzt war es lauter und aggressiver. „Ihr dürft nicht entkommen!"

Die Gruppe begann, verzweifelt nach einem Ausgang zu suchen. Sie durchsuchten jeden Raum, fanden jedoch nichts als alte Möbel und Erinnerungsstücke an die verlorenen Gäste. In einem Raum entdeckten sie eine verblichene Fotografie, die eine Gruppe von Menschen zeigte, die in einem Festsaal tanzten – und in der Ecke war ein Gesicht zu sehen, das ihnen bekannt vorkam.

„Das bin ich!", rief Julia und deutete auf die Fotografie. „Aber das kann nicht sein…"

Plötzlich brach die Wand hinter ihnen zusammen, und ein gewaltiger Schatten stürmte auf sie zu. „Ihr seid nicht die ersten, die hierher kommen!", schrie der Schatten und griff nach ihnen.

Mit einem verzweifelten Schrei rannten sie in die entgegengesetzte Richtung, und Sarah erinnerte sich an das Buch. „Wir müssen das Ritual durchführen, um die Seelen zu befreien!"

Sie fanden eine Zeremonienstätte im Ballsaal und begannen, die Worte aus dem Buch zu rezitieren. Die Schatten wirbelten um sie herum, und die Wände begannen zu zittern.

„Holt uns hier raus!", hörten sie die Stimmen der verlorenen Gäste.

Als das Ritual seinen Höhepunkt erreichte, wurde das Licht blenden hell. Die Schatten schienen sich zusammenzuziehen, und ein unbeschreiblicher Schrei erfüllte den Raum. Plötzlich war alles still, und die Freunde fanden sich in der Lobby des Hotels wieder.

„Haben wir es geschafft?", fragte Ben, und die Antwort war in der drückenden Stille, die sie umgab.

Die Türen des Hotels waren offen, doch die Dunkelheit des Waldes schien sich unbarmherzig zu nähern. Als sie ins Freie traten, bemerkten sie, dass die Umgebung vertraut, aber dennoch anders war.

„Wo sind wir?", murmelte Julia, während sie zurückblickte. Hinter ihnen war das Hotel verschwunden.

Der Spuk von Hollow Creek

Daniel Foster, ein ambitionierter Journalist, wurde in die kleine Stadt Hollow Creek geschickt, um über das jährliche Halloween-Festival zu berichten. Daniel Foster war ein Mann in seinen späten 30ern, von mittlerer Statur und mit einer energetischen Ausstrahlung, die seine Ambitionen widerspiegelte. Sein dunkelbraunes Haar war kurz geschnitten, und seine klaren, blaugrauen Augen spiegelten Entschlossenheit und Neugier wider. Eine markante Narbe zog sich über seine linke Wange, ein Überbleibsel aus einem früheren Vorfall, das ihm ein raues, aber charismatisches Aussehen verlieh.

Er kleidete sich stets professionell, meist in dunklen Anzügen und gepflegten Hemden, die seine Ernsthaftigkeit und seinen Respekt für seine Arbeit unterstrichen. Trotz seines ernsten Auftretens hatte er ein leichtes Lächeln auf den Lippen, das seine zugängliche Seite zeigte, besonders wenn er inmitten einer spannenden Geschichte oder einer Herausforderung steckte.

Daniel war bekannt für seine Hartnäckigkeit und seinen scharfen journalistischen Instinkt. Er liebte es, tief in die Details einer Geschichte einzutauchen und unvoreingenommen nach der Wahrheit zu suchen. Seine Recherchen waren gründlich, und er ließ sich nicht von Oberflächlichkeiten täuschen, sondern grub sich immer tiefer, um die Essenz einer Geschichte zu enthüllen.

Als er nach Hollow Creek kam, um über das Halloween-Festival zu berichten, war er fasziniert von der Atmosphäre der kleinen Stadt und ihrem tief verwurzelten Geheimnis. Er war entschlossen, die Wahrheit hinter den mysteriösen Todesfällen aufzudecken, die mit dem

Festival zusammenhingen, und gleichzeitig die einzigartige Kultur und Tradition von Hollow Creek zu erfassen.

Daniel Foster war ein Mann mit einer Mission, bereit, den Schleier des Unbekannten zu lüften und die Geschichten, die im Dunkeln verborgen waren, ans Licht zu bringen.

Die Stadt war bekannt für ihre malerischen Straßen und die freundlichen Bewohner, aber hinter der festlichen Fassade lauerte etwas Dunkles und Unerklärliches.

Als Daniel in Hollow Creek ankam, wurde er von der Atmosphäre der Feierlichkeiten begrüßt. Die Straßen waren mit herbstlich dekorierten Laternen gesäumt, und überall duftete es nach Kürbisgewürz und Lagerfeuern. Doch schnell bemerkte er, dass etwas nicht stimmte.

In den Gesprächen mit den Einheimischen fiel immer wieder das Thema der mysteriösen Todesfälle, die in den letzten Jahren während des Halloween-Festivals aufgetreten waren. Jedes Mal, wenn Daniel nachhakte, stieß er auf eine Mauer des Schweigens und Ausweichens.

Entschlossen, die Wahrheit herauszufinden, begann Daniel, Nachforschungen anzustellen. Er durchsuchte die örtliche Bibliothek nach alten Aufzeichnungen und stieß auf Hinweise auf eine uralte Legende über eine dunkle Präsenz, die das Festival heimsuchte. Es wurde gemunkelt, dass die Ursprünge dieser Präsenz mit einem verfluchten Stück Land außerhalb der Stadtgrenzen verbunden waren.

„Es muss einen Zusammenhang geben", murmelte Daniel, als er tiefer in die Geschichte eintauchte. Er fand Hinweise auf Opferrituale und mysteriöse Verschwinden, die bis ins 17. Jahrhundert zurückreichten.

Das Halloween-Festival in Hollow Creek war ein jährliches Ereignis, das die kleine Stadt in einen Ort der Magie und des Geheimnisses verwandelte. Schon Wochen vor dem eigentlichen Festtag begannen die Vorbereitungen, und die Bewohner schmückten ihre Häuser und Geschäfte mit gruseligen Dekorationen. Überall leuchteten Kürbisse mit gruseligen Gesichtern, Spinnennetze hingen in den Bäumen, und gespenstische Figuren schmückten die Straßenlaternen.

Am Tag des Festivals verwandelte sich die Hauptstraße von Hollow Creek in einen lebhaften Marktplatz. Stände mit handgefertigten Kürbislaternen, kunstvollen Halloween-Dekorationen und handgeschnitzten Masken zogen Besucher an. Der Duft von gebrannten Mandeln und warmem Apfelwein lag in der Luft, während die örtlichen Bäckereien ihre besten Halloween-Leckereien anboten - von karamellisierten Äpfeln bis zu schaurig-schönen Kuchen in Form von Spinnen und Geistern.

Die Bewohner von Hollow Creek waren in fantasievollen Kostümen gekleidet, von klassischen Hexen und Vampiren bis zu modernen Filmfiguren und historischen Persönlichkeiten. Kinder liefen lachend mit Süßigkeiten gefüllten Taschen durch die Straßen, während Musiker auf Bühnen traditionelle Halloween-Lieder spielten und Tanzgruppen in gruseligen Choreografien auftraten.

Die Höhepunkte des Festivals waren die Wettbewerbe und Spiele, die den ganzen Tag über stattfanden. Es gab Kürbis-Schnitzwettbewerbe, bei denen die Teilnehmer ihre kreativsten und gruseligsten Kreationen präsentierten, sowie Kostüm-Wettbewerbe für Kinder und Erwachsene. Ein Höhepunkt war das alljährliche Labyrinth aus leuchtenden Kürbissen, das nach Einbruch der Dunkelheit seine Tore öffnete und den Besuchern eine gespenstische Erfahrung bot.

Das Halloween-Festival von Hollow Creek war mehr als nur eine Feier - es war eine Zeit, in der die Gemeinschaft zusammenkam, um die Geister der Vergangenheit zu ehren, die Jahreszeit zu feiern und die Magie von Halloween in vollen Zügen zu genießen.

In einer stürmischen Nacht, als das Halloween-Festival in vollem Gange war, wagte sich Daniel zum verfluchten Land außerhalb der Stadt. Die Bäume flüsterten düstere Geschichten, und der Wind trug ein unheimliches Flüstern mit sich.

Plötzlich erblickte er ein uraltes, verfallenes Haus, das von einer düsteren Aura umgeben war. Er betrat das Haus und stieß auf eine geheime Kammer, in der uralte Schriften und Artefakte aufbewahrt wurden. Das Herz pochte ihm bis zum Hals, als er erkannte, dass er der Wahrheit gefährlich nahe kam.

In der Kammer entdeckte Daniel einen verwitterten Altar, der von Kerzenlicht erhellt wurde. Vor ihm materialisierte sich eine finstere Gestalt, eine uralte böse Präsenz, die durch Jahrhunderte gefangen gewesen war. „Du wagst es, in mein Reich einzudringen?", grollte die Gestalt mit einer Stimme, die das Gemäuer erzittern ließ.

Daniel wusste, dass er keine Zeit zu verlieren hatte. Mit einer alten Schriftrolle, die er in der Kammer gefunden hatte, begann er, eine uralte Beschwörungsformel zu rezitieren. Die Luft um ihn herum begann zu knistern, und das Licht der Kerzen flackerte wild.

Grauenvolle Mächte, die im Zwielicht ruhn,
Eure Pfade öffne ich durch altes Tun.
Mit Finsternis und Feuer, mit Blut und Glut,
Entfessle ich die Macht, die in mir ruht.

Vor euch, oh Geister der vergessenen Zeit,
Öffne sich das Tor zur Ewigkeit.
In Schatten und in Licht, in Nacht und Tod,
Rufe ich euch herbei, so wie es gebot.

Mit Worte uralt, die tief im Geist verwebt,
Erfüllt sich meine Bitte, wie es begehrt.
Von alter Magie umgeben, hier und dort,
Erschüttert diese Welt, an diesem Ort.

Kraft der Sterne, der Erde und des Mondes Licht,
Ich rufe euch hervor, in dieser Nacht und nicht.
Erscheint und nehmt Gestalt, wo ich euch nenne,
Eure Macht und eure Weisheit wirke wahrlich Wunder.

Die Beschwörung war mächtig, aber die böse Präsenz kämpfte verzweifelt gegen die Kräfte der Beschwörung an.

Der Kampf zwischen der mächtigen Beschwörung und der bösen Präsenz entfaltete sich in einem Strudel aus

Spannung und Macht. Die Beschwörung selbst war eine
Kombination aus alten Ritualen, gesprochenen Worten
und der Konzentration derjenigen, die sie ausführten. Die
Luft war schwer von einer gespannten Atmosphäre, die
durch den Kampf der Kräfte verstärkt wurde.

Die böse Präsenz, eine düstere Gestalt von unermesslicher
Dunkelheit und bösartiger Energie, sträubte sich gegen
die Macht der Beschwörung. Ihre Gegenwehr
manifestierte sich in einem Wirbel aus finsteren Schatten,
die um sie herumtanzten und die Luft mit einem eisigen
Hauch von Verzweiflung erfüllten.

Die Beschwörung selbst erreichte ihren Höhepunkt, als
die Worte der Macht mit einer klaren und kraftvollen
Stimme ausgesprochen wurden. Die Symbole und
Zeichen, die die Beschwörung umrahmten, glühten in
einem sanften, aber intensiven Licht, das die gesamte
Szenerie durchdrang und die spirituellen Dimensionen
öffnete.

Schließlich, nach einem intensiven Ringen zwischen den
beiden Kräften, gab die böse Präsenz nach. Ihr Körper
begann zu flimmern und zu schwinden, während sie in
einem letzten verzweifelten Versuch, ihre Existenz zu
halten, sich in einen Wirbel aus undurchdringlicher
Dunkelheit auflöste. Ein leises Echo ihrer dunklen
Energie verweilte noch einen Moment, bevor es in der
Stille der Nacht verblasste.

Diejenigen, die die Beschwörung ausgeführt hatten,
blieben atemlos und erschöpft zurück, die Auswirkungen
des mächtigen Kampfes noch spürbar in der Luft um sie
herum. Die Dunkelheit war besiegt worden, zumindest für
den Moment, und die Welt um sie herum schien sich in

Erleichterung und Ruhe zu wenden, als ob die Finsternis für einen Augenblick zurückgedrängt worden wäre.

 Schließlich gab sie nach und löste sich in einem Wirbel aus Dunkelheit auf. Der Sturm legte sich, und die ruhelose Stadt spürte eine Erleichterung, als wäre eine Last von ihren Schultern genommen worden.

Als Daniel Hollow Creek verließ, war er sich bewusst, dass er die Geschichte seines Lebens erlebt hatte. Die Dunkelheit, die über der Stadt gelegen hatte, war vertrieben, und das Halloween-Festival konnte nun in Frieden gefeiert werden, ohne die Angst vor der bösen Präsenz.

Die Bewohner von Hollow Creek erinnerten sich an den mutigen Journalisten, der gekommen war, um die Wahrheit ans Licht zu bringen und sie vor einer uralten Bedrohung zu beschützen. Die Geschichte von Daniel Foster und dem Spuk von Hollow Creek wurde zur Legende, die von Generation zu Generation weitergegeben wurde, als Mahnung, dass selbst in den friedlichsten Städten dunkle Geheimnisse lauern können, die nur darauf warten, entdeckt und bezwungen zu werden.

Das verzauberte Kostüm

Es war der Tag vor Halloween, als der zehnjährige Max durch die verschlafene Kleinstadt bummelte.

Max war ein lebhaftes Kind mit strubbeligem braunem Haar und lebhaften, neugierigen Augen, die ständig umherblickten, als ob sie alles um ihn herum in sich aufsaugen wollten. Sein Gesicht war von Sommersprossen übersät, die seine kindliche Unschuld unterstrichen.

Max war ein Junge voller Abenteuerlust und Fantasie. Er liebte es, in seiner eigenen kleinen Welt der Magie und des Mysteriums zu leben, besonders während der Halloween-Zeit, wenn die Welt um ihn herum mit Kürbissen, Geistern und Spukgestalten erfüllt war. Seine kindliche Begeisterung für diese Jahreszeit war ansteckend, und er steckte oft andere mit seiner Energie und seinem Enthusiasmus an.

Obwohl er manchmal von seiner Mutter ermahnt wurde, in der Nähe zu bleiben, wenn er durch die Stadt streifte, war Max' Neugier ungebremst. Er genoss es, die Dekorationen an den Häusern zu bewundern, die von den Bewohnern kunstvoll gestaltet wurden, um die Stimmung von Halloween zu unterstreichen. Seine Vorstellungskraft war grenzenlos, und er konnte stundenlang über die Geschichten spekulieren, die sich hinter den geschmückten Fenstern und verzierten Türen verbargen.

An diesem Tag, dem Tag vor Halloween, war Max voller Erwartung und Vorfreude auf die kommende Nacht. Er konnte es kaum erwarten, mit seinen Freunden durch die

Nachbarschaft zu streifen, um Süßigkeiten zu sammeln und die Geheimnisse dieser magischen Zeit zu entdecken, die nur einmal im Jahr kam.

Die Fenster der Geschäfte waren mit gruseligen Dekorationen geschmückt, und überall roch es nach Herbstlaub und Kürbiskuchen. Max war auf der Suche nach einem Kostüm für die Halloween-Party in der Schule. Seine Eltern hatten ihm erlaubt, alleine loszuziehen, und er genoss die Freiheit, sich in den Läden umzusehen.

In einer abgelegenen Seitenstraße entdeckte Max einen alten Antiquitätenladen, den er nie zuvor bemerkt hatte. Die Fenster waren mit staubigen Vorhängen verhängt, und ein Schild mit der Aufschrift "Antike Waren" hing an der Tür. Neugierig trat Max ein und wurde von einem seltsamen Geruch nach altem Leder und vergilbtem Papier begrüßt.

Im Inneren des Ladens fand er eine Vielzahl von Kuriositäten: alte Bücher, antike Möbel und seltsame Artefakte, die an vergangene Zeiten erinnerten. In einer Ecke entdeckte er eine Truhe, die mit alten Kostümen gefüllt war. Unter all den verstaubten Umhängen und abgenutzten Masken fiel ihm ein Kostüm besonders ins Auge – ein königlicher Umhang aus tiefrotem Samt mit goldenen Stickereien.

Max nahm das Kostüm aus der Truhe und betrachtete es bewundernd. Es fühlte sich weich und gleichzeitig schwer an, als würde es eine Geschichte in sich tragen. Als er den

Umhang überzog, spürte er eine eigenartige Kribbeln auf seiner Haut. Plötzlich flackerten die Lichter im Laden, und eine geheimnisvolle Stimme flüsterte in seinem Kopf: "Dieser Umhang gewährt dir eine Fähigkeit, aber zu einem Preis."

Max zögerte einen Moment, dann entschied er sich, das Kostüm zu kaufen. Er bezahlte den alten Ladenbesitzer, der ihm mit einem geheimnisvollen Lächeln nachsah, als er den Laden verließ. Die Sonne neigte sich dem Horizont zu, als Max nach Hause ging, den Umhang stolz über den Schultern.

In der Nacht, während der Halloween-Party, bemerkten Max' Freunde schnell etwas Seltsames. Immer wenn Max den Umhang anzog, schien er sich in die Gestalt von Tieren verwandeln zu können – zuerst in eine Katze, dann in einen Raben und schließlich sogar in einen Fuchs. Die anderen Kinder waren fasziniert und beeindruckt von seinen Verwandlungen. In der Halloween-Nacht herrschte eine besondere Atmosphäre in der kleinen Stadt. Die Straßen waren in ein diffuses orange-goldenes Licht getaucht, das von den Laternen und den leuchtenden Kürbissen ausging, die überall aufgestellt waren. Die Luft roch nach Herbstlaub und Kürbisgewürz, und das ferne Gelächter von Kindern, die von Haus zu Haus zogen, um Süßigkeiten zu sammeln, erfüllte die Luft.

Max und seine Freunde hatten sich auf einer Halloween-Party versammelt, die in einem alten, ehrwürdigen Haus am Rande der Stadt stattfand. Die Fenster des Hauses waren mit Spinnennetzen geschmückt, während gruselige Figuren aus Pappe und Stoff überall in den Räumen verteilt waren. Im großen Saal der Villa flackerten Kerzenlichter und geheimnisvolle Schatten tanzten an den Wänden.

Die Party war in vollem Gange, als Max' Freunde begannen, etwas Seltsames an ihm zu bemerken. Immer wenn Max seinen Umhang anzog, schien etwas Magisches zu passieren. Zuerst war es nur ein flüchtiger Eindruck: Max hatte sich für einen Moment in eine Katze verwandelt, mit einem schnellen, geschmeidigen Sprung über die Möbel, bevor er wieder in seine menschliche Gestalt zurückkehrte. Die anderen Kinder glaubten zuerst an ihre Augen nicht, aber als Max den Umhang erneut anzog, verwandelte er sich in einen Raben, der elegant durch den Raum flog, bevor er sich wieder in einen Jungen verwandelte.

Die Faszination der Freunde wuchs mit jeder Verwandlung. Sie baten Max, es noch einmal zu tun, und jedes Mal, wenn er seinen Umhang anzog, offenbarte er eine neue Tiergestalt: Ein Fuchs, der mit neugierigen Augen durch die Gäste huschte, und sogar eine Eule, deren Flügelschläge leise durch den Raum schnitten.

Die Kinder umringten Max, staunten über seine Fähigkeit und fragten sich, wie er solche magischen Verwandlungen vollbringen konnte. Max selbst war überrascht über seine neu entdeckte Gabe, aber auch erstaunt und fasziniert von der Macht des Umhangs, den er an diesem besonderen Halloween-Abend trug.

Die Nacht wurde zu einem unvergesslichen Erlebnis voller Magie und Geheimnisse, während die Kinder sich weiterhin von der verblüffenden Verwandlungskunst ihres

Freundes Max verzaubern ließen, inmitten der düsteren und doch aufregenden Kulisse der Halloween-Nacht.

Doch je öfter Max den Umhang trug, desto merkwürdiger wurde sein Verhalten. Er begann sich absonderlich zu verhalten, wurde stumm und zurückgezogen. Seine Eltern machten sich Sorgen, aber Max wollte ihnen nichts von dem Umhang erzählen – er fühlte eine seltsame Bindung zu ihm, als wäre er Teil von ihm geworden.

Eine Woche nach Halloween geschah etwas Schreckliches. Max wurde eines Morgens nicht mehr in seinem Bett gefunden. Die Polizei suchte tagelang nach ihm, doch sie fand nur seinen Umhang, der in einem nahegelegenen Wald verlassen herumlag. Es war, als hätte er sich in Luft aufgelöst.

Niemand in der Stadt konnte sich erklären, was mit Max passiert war. Aber der alte Ladenbesitzer wusste es vielleicht – er betrachtete den Umhang in seiner Truhe mit einem traurigen Blick und murmelte leise: "Die Macht des Umhangs kommt mit einem Preis, den nur wenige bereit sind zu zahlen."

Seit diesem Tag hängt der Umhang still in der Truhe im alten Antiquitätenladen, wartend darauf, dass sein nächstes Opfer ihn herausfordert – und sich der dunklen Magie bewusst ist, die er birgt.

Der Fluch der Kürbiskerze

Es war ein stürmischer Herbstabend, als die Familie Johnson auf dem Dachboden ihres neuen Hauses eine vergessene Truhe entdeckte. Staubig und vernachlässigt, barg sie eine Fülle von vergessenen Erinnerungen vergangener Bewohner. Zwischen alten Büchern und abgenutzten Möbeln fanden sie etwas Unerwartetes – eine Kürbiskerze.

Die Kerze war ungewöhnlich groß und sah aus wie ein ausgehöhlter Kürbis, der in Wachs gegossen war. Sie leuchtete in einem warmen orangefarbenen Glanz, der die staubigen Wände des Dachbodens in ein gespenstisches Licht tauchte. „Die sieht aus, als wäre sie schon hundert Jahre alt", bemerkte Mrs. Johnson und nahm die Kerze vorsichtig in die Hand.

„Vielleicht ist sie eine Antiquität", schlug Mr. Johnson vor, während er die Kerze genauer betrachtete. „Aber wie kommt sie hierher und warum leuchtet sie immer noch?"

Die Kinder, Lucy und Timmy, waren fasziniert von der ungewöhnlichen Entdeckung. „Können wir sie behalten?", fragte Lucy mit großen Augen.

„Na gut, aber nur für eine Nacht", sagte Mr. Johnson und stellte die Kürbiskerze auf einen Tisch im Wohnzimmer.

In der ersten Nacht passierte nichts Außergewöhnliches. Die Familie saß zusammen und genoss den warmen Schein der Kürbiskerze. Doch je länger die Kerze brannte, desto merkwürdiger wurden die Dinge im Haus.

Ein kalter Wind wehte plötzlich durch die Räume, obwohl alle Fenster fest verschlossen waren. Bilder an den Wänden schienen sich zu bewegen, und Möbel rückten unerklärlich von der Stelle. Die Johnsons fühlten sich unbehaglich, aber sie schoben die Ereignisse auf den Sturm draußen.

Am nächsten Morgen waren sie alle erschöpft und nervös. Die Kürbiskerze brannte weiterhin ohne Anzeichen von Schwäche. „Vielleicht sollten wir sie ausmachen", schlug Mrs. Johnson vor, aber als sie versuchte, die Kerze zu löschen, blieb sie hartnäckig am Brennen, als hätte sie ein Eigenleben.

Nach einer Woche begannen die Johnsons, sich gegenseitig zu misstrauen. Stimmen flüsterten in den dunklen Ecken des Hauses, und Schatten huschten durch die Zimmer, wenn niemand hinsah. Timmy behauptete, dass er in der Nacht die Gestalt eines riesigen Kürbisgeistes gesehen hatte, der durch die Wände glitt.

„Diese Kerze bringt nichts als Unglück", murmelte Mr. Johnson, während er den Flur entlang lief. Er beschloss, Hilfe zu suchen und suchte das Internet nach Informationen über Kürbiskerzen. Was er entdeckte, ließ ihm das Blut in den Adern gefrieren.

Die Kürbiskerze, so fand er heraus, war ein Artefakt aus alten Zeiten, das mit einem Fluch belegt war. Sie wurde einst von einem Hexenmeister erschaffen, der seine Macht in der Kerze versiegelte. Wer auch immer sie entzündete, würde unaufhörlichen Schrecken erleben, bis der Fluch gebrochen wurde.

Entschlossen, ihre Familie zu retten, begannen die Johnsons, nach einem Weg zu suchen, den Fluch zu brechen. Sie kontaktierten eine örtliche Hexe, die ihnen mitteilte, dass die Kerze durch einen magischen Bann an einen uralten Kürbisgeist gebunden war. Um den Fluch zu brechen, mussten sie den Geist besänftigen und den Kürbisgeist in seine Welt zurückbringen.

In einer dunklen Halloween-Nacht versammelte die Familie sich um die Kürbiskerze und begann ein altes Ritual, das den Geist der Kerze beschwören sollte. Mit jeder Beschwörung spürten sie die Anwesenheit des Geistes näher kommen, bis plötzlich eine schwache Gestalt vor ihnen erschien – der Kürbisgeist, der von seinem unruhigen Dasein befreit werden wollte.

Mit einem letzten Zauber gelang es den Johnsons, den Kürbisgeist in seine Welt zurückzuschicken. Die Kürbiskerze erlosch endlich, und das Haus wurde ruhig und friedlich. Die Familie atmete erleichtert auf, denn der Fluch war gebrochen.

„Nie wieder werden wir eine solche Kerze anzünden", schwor Mr. Johnson, während sie die Überreste der Kürbiskerze entsorgten. „Manchmal ist es besser, alten Dingen nicht zu vertrauen."

Die Johnsons kehrten zu ihrem normalen Leben zurück, aber sie würden nie vergessen, wie eine einfache Kürbiskerze ihre Welt für eine Weile auf den Kopf gestellt hatte – und wie sie gemeinsam den Fluch gebrochen hatten, der ihnen beinahe alles genommen hätte.

Das Portal in die Vergangenheit

Der Herbstwind fegte durch die Straßen der Kleinstadt Ashton, als der sechzehnjährige Ethan Stevens einen alten Kleiderschrank in seinem Zimmer entdeckte, den er nie zuvor bemerkt hatte. Der Schrank war von Staub bedeckt und stand versteckt in einer Ecke, fast vergessen zwischen Stapeln von Büchern und Spielzeug.

Ethan, ein neugieriger Junge mit einem Faible für Geschichtenerzählen und Abenteuer, entschied sich, den Schrank zu inspizieren. Er zog die knarrenden Türen auf und stieß auf einen merkwürdigen Anblick – anstatt Kleidung und Kisten fand er ein pulsierendes, blau schimmerndes Portal, das vor ihm schwebte.

Fasziniert und voller Ehrfurcht trat Ethan näher und spürte, wie eine unbekannte Energie ihn anzog. Ohne zu zögern, trat er durch das Portal und fand sich plötzlich in einer anderen Welt wieder – oder besser gesagt, in einer anderen Zeit.

Der Herbstwind fegte durch die engen Gassen der Kleinstadt Ashton, und die Bäume ließen ihre goldenen Blätter sanft zu Boden gleiten, als der sechzehnjährige Ethan Stevens das Geheimnis entdeckte, das in seinem eigenen Zimmer verborgen lag. Der alte Kleiderschrank, den er nie zuvor bemerkt hatte, stand versteckt in einer vergessenen Ecke, fast verschluckt von Büchern und einem Wust aus Spielzeug.

Ethan war ein Junge mit einer lebhaften Fantasie und einem unersättlichen Appetit auf Geschichten und Abenteuer. Die Neugier trieb ihn dazu, den staubigen Schrank zu inspizieren, dessen knarrende Türen er behutsam öffnete. Doch anstatt auf alte Kleidungsstücke oder verstaubte Erinnerungen zu stoßen, wurde er mit einem unglaublichen Anblick konfrontiert – ein pulsierendes, blau schimmerndes Portal schwebte direkt vor ihm in der dunklen Tiefe des Schranks.

Ein Gefühl der Ehrfurcht durchströmte Ethan, als er näher trat und die magnetische Anziehungskraft des Portals spürte. Ohne zu zögern und von einer unbändigen Neugier getrieben, wagte er den Schritt durch das schimmernde Tor. Eine Welle der Veränderung erfasste ihn augenblicklich, als er durch den wirbelnden Äther schritt und sich plötzlich in einer anderen Welt wiederfand – oder besser gesagt, in einer anderen Zeit.

Um ihn herum dehnte sich eine Landschaft aus, die wie aus einem vergangenen Zeitalter wirkte. Die Straßen waren nicht asphaltiert, sondern gepflastert, und Pferdekutschen klapperten gemächlich vorbei. Die Häuser waren aus Stein und Fachwerk gebaut, und die Menschen, die er sah, trugen Gewänder, die an eine längst vergangene Ära erinnerten.

Ethan stand da, sprachlos vor Staunen und Ungläubigkeit. Er hatte es tatsächlich geschafft – er hatte eine Zeitreise vollbracht. Sein Herz pochte wild vor Aufregung, während er sich langsam umsah und versuchte zu begreifen, was gerade geschehen war. Sein Abenteuer hatte gerade erst begonnen, und er wusste, dass er viele Fragen hatte, die beantwortet werden mussten, bevor er

seinen Weg durch diese fremde und doch faszinierende
Welt finden konnte.

Die Halloween-Nacht der 1950er Jahre

Ethan landete auf einer staubigen Straße, umgeben von
alten, restaurierten Gebäuden, die eine längst vergangene
Ära widerspiegelten. Die Luft roch nach Laub und
herbstlichen Gewürzen, und die Straßenlaternen warfen ein
gedämpftes Licht auf die geschäftigen Menschen in ihren
klassischen 1950er-Jahre-Kleidern.

Die Halloween-Nacht der 1950er Jahre brachte Ethan an
einen Ort, der wie aus einer vergangenen Zeit
entsprungen schien. Als er auf der staubigen Straße
landete, umgeben von restaurierten Gebäuden mit alten
Ziegeldächern und verzierten Fassaden, konnte er das
Flair vergangener Tage förmlich spüren. Das gedämpfte
Licht der Straßenlaternen warf sanfte Schatten auf das
Kopfsteinpflaster, das unter den Schritten der Menschen
knirschte.

Die Luft war erfüllt vom Duft nach herbstlichem Laub,
gemischt mit Zimt und Nelken, die in der Nähe von
geöffneten Fenstern herüberwehten. Überall um ihn
herum strömten Menschen in authentischen 1950er-Jahre-
Kleidern. Männer in klassischen Anzügen mit schmalen
Krawatten und Frauen in schwingenden Röcken mit
Polkadots und Petticoats. Kinder rannten kreischend
durch die Straßen, verkleidet als Cowboys, Prinzessinnen
oder Superhelden ihrer Zeit.

Die Geschäftigkeit und das Lachen der Menschen füllten
die Atmosphäre mit einer Energie, die Ethan in ihrer

Intensität überwältigte. Er spürte die Mischung aus Aufregung und Nostalgie, die diese Nacht prägte. Jedes Detail war akribisch rekonstruiert worden, als wäre er in eine lebendige Kulisse aus einer längst vergangenen Ära getaucht.

Ethan gesellt sich zu einer Gruppe von Kindern, die von Tür zu Tür ziehen und Süßigkeiten sammeln. Erstaunt über die Selbstgemachten Kostüme der Kinder, von Cowboys und Indianern bis hin zu kleinen Geistern und Hexen, erkennt Ethan die Kreativität und den Gemeinschaftssinn dieser Zeit.

Er stößt auf eine kleine Gruppe von Jugendlichen, die sich in einem örtlichen Diner treffen. Sie trinken Milchshakes und lachen über gruselige Geschichten, die über die Stadt und ihre Legenden erzählt werden. Ethan gesellt sich zu ihnen und hört aufmerksam zu, als sie von Geistern, Hexen und dem alten Friedhof am Rande der Stadt berichten, wo angeblich die Geister der Vergangenheit ruhen.

Später, als die Nacht fortschreitet, findet Ethan einen kleinen Park, der in ein stimmungsvolles Halloween-Fest umgewandelt wurde. Mit einem Lagerfeuer in der Mitte werden Geschichten erzählt und Marshmallows geröstet. Er verweilt dort, um das Gefühl der Gemeinschaft und die traditionellen Bräuche zu erleben, die diese besondere Zeit der 1950er Jahre Halloween-Nacht so magisch machen.

Verwirrt und zugleich fasziniert von dieser neuen Umgebung, realisierte Ethan schnell, dass er sich in einer Halloween-Nacht der 1950er Jahre befand. Kinder liefen mit selbstgemachten Kostümen herum, während

Erwachsene in der Nähe standen und lachten. Die Atmosphäre war lebendig und anders als alles, was er je erlebt hatte.

Als die Nacht fortschritt, wurde Ethan klar, dass er nicht einfach nur zu Besuch war – er war gefangen.

Nachdem Ethan die faszinierende Halloween-Nacht der 1950er Jahre erlebt hat, versucht er, den Weg zurück zu dem alten Kleiderschrank zu finden, durch den er in diese Zeit gereist ist. Er navigiert durch die engen Gassen und belebten Straßen der kleinen Stadt Ashton, die nun ruhiger und dunkler geworden sind, da die Feierlichkeiten langsam abklingen.

Er geht an den restaurierten Gebäuden vorbei, die jetzt in einem gedämpften Licht der Laternen erstrahlen. Die Straßen, die ihm zuvor so vertraut schienen, scheinen jetzt verwirrend und labyrinthisch zu sein, da sie sich in der Dunkelheit anders präsentieren als tagsüber. Ethans Herz schlägt schneller vor Aufregung und ein wenig Angst, als er erkennt, dass er den genauen Weg nicht mehr genau erinnern kann.

Er versucht, sich an markante Punkte zu erinnern, die er auf dem Weg hierher gesehen hat, aber die Straßen sehen in der Dunkelheit alle gleich aus. Einige der Menschen, die er vorher traf, sind verschwunden, und die, die noch unterwegs sind, bemerken ihn kaum, da sie in Eile sind, um nach Hause zu kommen.

Ethan beschließt, seine Schritte zu verlangsamen und konzentriert sich darauf, jeden Schritt sorgfältig zu planen. Er probiert verschiedene Abzweigungen und

Gassen aus, aber je länger er unterwegs ist, desto mehr fühlt er sich, als würde er sich in einem endlosen Labyrinth aus alten Straßen und Gebäuden verirren.

Schließlich kommt er an einen Ort, den er nicht erkennt, und beginnt, sich wirklich verloren zu fühlen. Panik steigt in ihm auf, als er sich bewusst wird, dass er ohne eine klare Richtung oder Orientierungspunkte steckt. Die Straßen sind still und dunkel um ihn herum, und er beginnt zu fürchten, dass er für immer in dieser fremden Zeit gefangen sein könnte.

Entschlossen, einen klaren Kopf zu behalten, sucht Ethan nach einem Wegweiser oder einer bekannten Sehenswürdigkeit, die ihm helfen könnte, seinen Weg zurück zu finden. Doch die Stadt scheint sich still und unerbittlich gegen ihn zu verschwören, und die Minuten verstreichen unerbittlich, während er verzweifelt nach einem Ausweg sucht.

Letztendlich, erschöpft und entmutigt, setzt Ethan sich auf eine Bank in einem kleinen Park, der ihm einst als Ort des Festes gedient hat. Er atmet tief durch und versucht, ruhig zu bleiben, während er sich überlegt, was er als nächstes tun soll, um einen Weg nach Hause zu finden.

 Das Portal war verschwunden, und er konnte keinen Weg finden, zurück in seine eigene Zeit zu gelangen. Panik stieg in ihm auf, als er sich bewusst wurde, dass er in der Vergangenheit festsaß, ohne zu wissen, wie er je wieder nach Hause kommen könnte.

Er versuchte verzweifelt, mit den Menschen um ihn herum zu kommunizieren, aber sie nahmen ihn entweder für einen

komischen Kerl in einem modernen Kostüm oder
ignorierten ihn komplett. Die Uhren tickten anders hier, die
Technologie war begrenzt, und Ethan begann zu verstehen,
wie isoliert er wirklich war.

In den folgenden Tagen versuchte Ethan, die Stadt zu
erkunden und nach Hinweisen zu suchen, die ihm helfen
könnten. Er fand eine vertraute Bibliothek, die er aus
Geschichtsbüchern kannte, und begann, in alten Archiven
nach einem Hinweis auf ein ähnliches Portal zu suchen, das
möglicherweise existiert hatte.

Ethan betrat die Bibliothek von Ashton, ein Gebäude, das
mit seinem hohen Gewölbedach und den massiven
hölzernen Regalen voller staubiger Bände eine
ehrwürdige Atmosphäre ausstrahlte. Die großen Fenster
ließen das Licht der späten Nacht eindringen und warfen
ein sanftes Glühen auf die langen Gänge und die alten
Schreibtische, die über den Boden verstreut waren.

Die Luft roch nach altem Papier und Leder, durchmischt
mit einem Hauch von Zedernholz, das von den Regalen
ausging. Überall um ihn herum hingen Gemälde und
Fotografien vergangener Jahrhunderte an den Wänden,
die die Geschichte und den Stolz der Stadt Ashton
widerspiegelten.

Ethan wandte sich den Archiven zu, die tief im Herzen
der Bibliothek verborgen waren. Die Regale waren
vollgestopft mit aufwendig gebundenen Büchern und
alten Manuskripten, die die Geschichte der Stadt seit
ihren frühesten Tagen dokumentierten. Er zog behutsam
ein Buch nach dem anderen heraus, blätterte durch

vergilbte Seiten und suchte nach Hinweisen auf mysteriöse Portale oder unerklärliche Phänomene, die in der Vergangenheit der Stadt festgehalten worden sein könnten.

Das leise Rascheln der Seiten und das gelegentliche Quietschen der Holzböden füllten die Stille der Bibliothek, als Ethan sich tiefer in seine Suche vertiefte. Mit jedem umgeblätterten Blatt wuchs seine Hoffnung, dass er hier die Antworten finden könnte, die ihn zurück in seine eigene Zeit führen würden.

Nach Stunden intensiver Forschung stieß Ethan endlich auf eine vergilbte Karte, die einst von einem berühmten Historiker der Stadt gezeichnet worden war. Auf dieser Karte war ein versteckter Hinweis verzeichnet – ein Portal, das angeblich vor vielen Jahrhunderten in einer abgelegenen Gegend der Stadt existiert hatte. Die Beschreibung passte genau zu den Details, die Ethan in der Nacht entdeckt hatte, als er durch den alten Kleiderschrank trat.

Sein Herz pochte vor Aufregung, als er realisierte, dass er möglicherweise den Schlüssel gefunden hatte, um nach Hause zurückzukehren. Doch die Nacht war noch nicht vorbei, und er wusste, dass er vorsichtig sein musste. Mit der Karte fest in der Hand und einem Hauch von Hoffnung in seinem Herzen verließ Ethan die Bibliothek, bereit, den nächsten Schritt in seinem unerwarteten Abenteuer zu wagen.

Schließlich stieß er auf eine Legende über ein magisches Artefakt, das vor langer Zeit verloren gegangen war – ein Artefakt, das in der Lage war, Menschen durch die Zeit zu transportieren. Ethan erkannte, dass dies das Portal sein musste, das ihn hierhergebracht hatte, und dass er es finden musste, um zurückzukehren.

Mit Hilfe eines alten Buches und einem Hinweis aus der Legende gelang es Ethan schließlich, das verlorene Artefakt zu lokalisieren. Es war in einem alten Herrenhaus versteckt, das in der Halloween-Nacht als Treffpunkt für eine geheime Gesellschaft diente.

Mit einem Plan in seinem Kopf und einem Kloß im Hals machte sich Ethan auf den Weg zum Herrenhaus. Er kämpfte gegen die Zeit, denn das Portal würde nicht ewig offen bleiben. Als er das Artefakt fand und den Mechanismus aktivierte, durchschritt er das Portal in einem letzten Augenblick der Entschlossenheit und fand sich wieder in seinem Zimmer zu Hause.

Ethan fiel erschöpft auf sein Bett und atmete tief ein. Er war zurück in der Gegenwart, aber die Erinnerung an die 1950er Jahre und die Abenteuer, die er erlebt hatte, würden für immer in seinem Herzen bleiben. Er wusste, dass er nie vergessen würde, wie es war, eine Halloween-Nacht in einer vergangenen Ära zu erleben und den Weg nach Hause zu finden.

Das Ritual der Hexe

In den tiefen, undurchdringlichen Wäldern von Cedar Grove, wo das Licht der Sterne kaum durch die dichten Baumkronen drang, lag ein vergessener Ort. Es war ein kleiner Hain, umgeben von Moos bedeckten Felsen und von uralten, knorrigen Bäumen umringt, die sich wie schützende Wächter über den heiligen Platz erhoben. Dies war der Ort, an dem die Legende der Hexe von Cedar Grove geboren wurde – eine Gestalt der Dunkelheit, die angeblich über die Mächte von Leben und Tod gebot.

An einem windigen Oktoberabend, als der Mond bleich über den Hain schien und die Blätter der Bäume raschelten, wagten sich fünf Jugendliche aus der nahen Kleinstadt hinaus in die düsteren Wälder. Sarah führte die Gruppe an, eine kühne und abenteuerlustige junge Frau, gefolgt von Mark, dem skeptischen Rationalisten, Emily, der künstlerischen Träumerin, Chris, dem mutigen Draufgänger, und Lisa, der stillen Beobachterin.

Tief im Wald, weit weg von den Pfaden der Menschen und den sicheren Straßen der Stadt, stießen sie auf den verborgenen Hain. In seinem Zentrum sahen sie die Gestalt einer alten Frau, die umgeben von Kerzen und Rauch eines alten Kessels stand. Ihr Gewand flatterte im Wind, und ihre grauen Haare schienen im Mondlicht zu schimmern. In ihren Händen hielt sie ein uraltes Buch mit vergilbten Seiten, das von einer Aura des Unheils umgeben war.

Die Jugendlichen, von Neugier und Furcht gleichermaßen erfüllt, verbargen sich hinter den Bäumen und beobachteten das geheimnisvolle Ritual, das die Hexe vollführte. Sie rezitierte Worte in einer Sprache, die seit Jahrhunderten vergessen schien, und ihre Stimme hallte durch den Hain wie ein Fluch. Die Luft war schwer und geladen mit einer dunklen Energie, die die Sinne betäubte und die Gemüter beunruhigte.

Plötzlich spürte die Hexe die Anwesenheit der Jugendlichen. Ihre Augen, leuchtend wie Glut in der Dunkelheit, wandten sich ihnen zu. "Ihr habt nicht das Recht, hier zu sein", knurrte sie mit einer Stimme, die wie der Klang von sterbendem Laub klang. Ein kalter Wind begann durch den Hain zu wehen, und die Bäume schienen ihre Äste in Richtung der Eindringlinge auszustrecken.

Die Hexe stand plötzlich aufrecht in ihrem Ritualkreis, umgeben von wirbelndem Rauch und einem Glühen, das ihre Augen wie glühende Kohlen erscheinen ließ. Ihr langer, zerzauster schwarzer Umhang flatterte im kalten Wind, der plötzlich durch den düsteren Hain strich und die Blätter der umliegenden Bäume rascheln ließ.

Ihr Gesicht, von Falten und Jahren des Leidens gezeichnet, verzog sich zu einem ausdruckslosen Grinsen, das eher an das Grollen eines fernen Gewitters erinnerte als an menschliche Emotionen. Die Dunkelheit schien sich um sie herum zu verdichten, als ob sie selbst ein Teil der Nacht wäre, die sie beherrschte.

Ihr langes, strähniges Haar hing wild und ungebändigt über ihre Schultern, durchzogen von Strähnen, die silbrig im Schein der Kerzen schimmerten. Um ihren mageren Körper war ein schwarzer Umhang geschlungen, der in unregelmäßigen Mustern mit Runen und Symbolen bestickt war, die im flackernden Kerzenlicht zu tanzen schienen.

An ihren dünnen, knochigen Fingern trug sie Ringe aus schimmerndem Metall, verziert mit Obsidian und anderen dunklen Edelsteinen, die bei jeder ihrer Gesten im Licht blitzten. Um ihren Hals hing ein Amulett, das wie ein Auge aussah und dessen unheimlicher Glanz ihre Anwesenheit noch bedrohlicher machte.

Die Hexe strahlte eine Aura der Macht und des Geheimnisses aus, die jeden, der sie sah, in Furcht versetzte und zugleich in ihren Bann zog. Ihre Präsenz war wie ein dunkler Schatten, der den Wald um sie herum umhüllte und die Luft mit einer unheilvollen Spannung erfüllte.

"Ihr habt nicht das Recht, hier zu sein", wiederholte sie mit einer Stimme, die aus einer anderen Welt zu kommen schien, voller Echo und geheimnisvollem Klang. Die Worte hallten durch den Wald, verstärkt vom unheimlichen Flüstern der Blätter, die sich über den Jugendlichen zu biegen schienen, als würden sie versuchen, sie einzuhüllen und zu erdrücken.

Die Jugendlichen spürten eine unheimliche Kälte, die von der Hexe ausging, und einen Schauer lief ihnen über den Rücken. Ihre Blicke trafen sich in einem stummen Zeichen der Entschlossenheit, trotz der drohenden Präsenz vor ihnen standzuhalten.

Der kalte Wind verstärkte sich, und die Bäume knarrten und ächzten, als ob sie die Hexe in ihrem Zorn unterstützen würden. Einige der Bäume schienen ihre Wurzeln aus dem Boden zu reißen und sich bedrohlich über die Eindringlinge zu beugen, als ob sie bereit wären, jeden Moment zuzuschlagen.

Doch die Hexe blieb ruhig in ihrem Kreis aus Runen und symbolischen Gegenständen, ihre Augen weiterhin auf die Jugendlichen gerichtet. Sie schienen in der Dunkelheit zu schweben, umgeben von einer Aura der Macht und des Geheimnisses, die die Luft um sie herum schwer machte.

Ein tiefer Atemzug durchdrang die Stille, als die Hexe sich darauf vorbereitete, ihre Zauberkräfte zu entfesseln. Die Jugendlichen wussten, dass sie nun handeln mussten, um zu überleben, und bereiteten sich darauf vor, der dunklen Magie und dem Zorn der Hexe standzuhalten.

Sarah trat mutig vor, ihre Augen auf die Hexe gerichtet. "Wir wollten nur sehen, was hier vor sich geht", wagte sie es, zu erklären. Doch die Hexe war nicht zu besänftigen. "Ihr habt meine Macht gestört. Nun seid ihr Teil des Rituals", sprach sie mit einer Stimme, die die Luft selbst zu erstarren schien.

Die Jugendlichen sahen sich gegenseitig an, ein Gefühl der Verzweiflung stieg in ihnen auf. Die Hexe begann, ihre Zauber zu weben, und dunkle Schatten tanzten um sie herum. Die Erde unter ihren Füßen bebte, und aus den Tiefen des Hains schienen unheilvolle Gestalten aufzusteigen, verlorene Seelen und verdorbene Wesen, die die Hexe beschworen hatte.

Die Jugendlichen standen einander gegenüber, ihre Gesichter von Angst und Entschlossenheit gezeichnet, als die Hexe begann, ihre dunklen Zauber zu weben. Um sie herum begannen dunkle Schatten zu tanzen, die von den flackernden Kerzen und dem schwachen Mondlicht geworfen wurden. Ein eisiger Wind strich durch den Hain, und die Blätter der umstehenden Bäume flüsterten unheimlich, als ob sie die Worte der Hexe aufnehmen und weitertragen würden.

Die Hexe, in ihrem dunklen Umhang und mit ihren glühenden Augen, wirkte nun noch bedrohlicher. Ihre dünnen Finger bewegten sich in komplizierten Mustern über den Runen und Symbolen auf dem Boden, die mit einer Mischung aus Blut und Rauch gezeichnet waren. Jede Geste schien die Kraft der Dunkelheit zu verstärken, die sie umgab.

Plötzlich bebte die Erde unter ihren Füßen, als ob die Natur selbst auf den Ruf der Hexe reagierte. Aus den Tiefen des Hains schienen unheilvolle Gestalten aufzusteigen - verlorene Seelen und verdorbene Wesen, die von der dunklen Magie der Hexe beschworen wurden. Ihre Augen glühten vor Hunger und Rache, und ihre Gestalten waren verzerrt und unheimlich.

Einige dieser Kreaturen hatten die Form von schattenhaften Gestalten mit langen, klauenbewehrten Fingern, die sich nach den Jugendlichen auszustrecken schienen. Andere waren wie Nebelschwaden, die sich um die Bäume wanden und ihre greifbaren Formen veränderten, während sie in der Dunkelheit lauerten.

Die Jugendlichen spürten die Kälte und das Unbehagen, das von diesen Wesen ausging, aber sie kämpften gegen ihre Angst an und stellten sich der Herausforderung. Sie wussten, dass sie die Hexe aufhalten mussten, bevor ihre bösen Kreaturen sie überwältigten und das Schlimmste geschah.

Emily, die ein altes Amulett um den Hals trug, spürte eine verborgene Kraft in sich erwachen. Mit einem entschlossenen Schritt trat sie vor und begann, gegen die dunklen Energien der Hexe anzukämpfen. Mark, der Rationalist, erkannte eine Gelegenheit und rief die anderen Jugendlichen zur Flucht auf.

In einem verzweifelten Akt der Zusammenarbeit gelang es ihnen, aus dem Kreis der Hexe zu entkommen. Doch die Hexe, rasend vor Zorn und gepeinigt von dem Eindringen in ihre geheimen Riten, verfolgte sie durch den Wald. Dunkle Flüche und bösartige Kreaturen, die aus ihren bösen Machenschaften entsprangen, bedrohten ihre Flucht und ihr Leben.

Sie stießen sich gegenseitig an und rannten, während die dunklen Schatten und die bösen Kreaturen der Hexe ihnen dicht auf den Fersen waren. Der Wald schien sich gegen sie zu verschwören, mit Ästen, die nach ihnen griffen, und Wurzeln, die sich unter ihren Füßen zu winden schienen, um sie zu Fall zu bringen.

Die Hexe selbst folgte ihnen, ihre Augen leuchteten vor Zorn und Entschlossenheit. Ihre Stimme, die wie ein kalter Wind durch den Hain hallte, flüsterte dunkle Flüche und verhängnisvolle Beschwörungen, die die Luft um die Fliehenden herum verdrehten und sie zu ersticken schienen. Jedes Mal, wenn sie dachten, sie hätten ihr entkommen, tauchten neue, bösartige Kreaturen auf, die aus den finsteren Machenschaften der Hexe entsprungen waren.

Einige dieser Kreaturen hatten die Form von schattenhaften Wölfen mit glühenden Augen, die aus dem Unterholz hervorschnellten und nach den Jugendlichen schnappten. Andere waren wie groteske Verzerrungen von Tieren und Pflanzen, zusammengesetzt aus Albträumen und schrecklichen Visionen. Sie jagten die Jugendlichen durch den dichten Wald, jeder Schritt auf dem nassen Laub und den moosbedeckten Steinen war ein Kampf um ihr Überleben.

Die Jugendlichen, keuchend vor Anstrengung und Angst, versuchten verzweifelt, einen Weg aus dem Wald zu finden und der gnadenlosen Verfolgung zu entkommen. Ihre Kräfte schwanden, aber sie wussten, dass sie sich gegenseitig stärken mussten, um den dunklen Mächten zu widerstehen, die sie umgaben.

Schließlich, mit letzter Kraft und dem Überlebenswillen in den Herzen, gelang es den Jugendlichen, aus dem Wald herauszukommen. Die Erinnerung an jene Nacht würde sie für immer verfolgen. Die Hexe war besiegt, doch die Dunkelheit und die Geheimnisse des Hains von Cedar Grove würden weiterhin jeden, der sich zu nahe wagte, verschlingen und fesseln.

Das verfluchte Gemälde

Leandro stand vor dem Gemälde wie gebannt. Es war ein düsteres Werk, das seit Jahrhunderten im Herzen des alten Museums von Ashton Manor hing. Das Gemälde zeigte eine Szene aus dem 17. Jahrhundert: Eine Gruppe von Menschen versammelt um einen Kamin in einem düsteren Schlosssaal. Die Gesichter der Dargestellten waren voller Angst und Verzweiflung, ihre Blicke schienen direkt auf den Betrachter gerichtet zu sein, als ob sie aus der Leinwand herauszuschauen versuchten.

Leandro spürte ein Kribbeln im Nacken, als er tiefer in das Gemälde starrte. Ein Gefühl der Beklemmung legte sich über ihn, als ob die Geschichte, die das Bild erzählte, noch nicht zu Ende sei. Er versuchte, den Blick abzuwenden, doch etwas hielt ihn fest. Die Gestalten schienen sich zu bewegen, ihre Münder öffneten sich, als ob sie sprechen wollten, aber kein Laut drang heraus.

In den nächsten Wochen häuften sich seltsame Vorfälle im Museum. Besucher berichteten von albtraumhaften Visionen, die sie überfielen, sobald sie das Gemälde betrachteten. Manche behaupteten, sie hätten die Gestalten aus dem Gemälde in ihren Träumen gesehen, wie sie nachts durch die Galerien wanderten. Andere berichteten von unerklärlichen Geräuschen und Schatten, die aus den Ecken des Saals zu kommen schienen, in dem das Gemälde hing.

Leandro, ein junger Kunsthistoriker, war fasziniert und zugleich besorgt. Er begann, die Geschichte hinter dem Gemälde zu erforschen. Es stellte sich heraus, dass das Bild von einem unbekannten Künstler namens Vincent van Malden gemalt worden war, der im 17. Jahrhundert gelebt hatte. Vincent war für seine düsteren Werke bekannt, die oft geheimnisvolle und verstörende Geschichten erzählten.

Eines Nachts, als Leandro spät im Museum arbeitete, geschah etwas Unvorhergesehenes. Er war allein im Raum mit dem Gemälde. Plötzlich begannen die Figuren auf der Leinwand sich zu regen. Ihre Gesichter verzerrten sich vor Schmerz, und ihre Augen glühten in einem unheimlichen Licht. Eine eisige Kälte erfüllte den Raum, und Leandro spürte, wie eine Präsenz ihn umgab.

"Warum betrachtest du uns?" hörte er eine flüsternde Stimme in seinem Kopf. "Wir sind gefangen in dieser endlosen Qual, verurteilt dazu, unser Leiden immer wieder zu durchleben."

Leandro versuchte zu antworten, doch seine Stimme versagte. Er fühlte, wie die Gestalten aus dem Gemälde heraustraten, langsam und bedrohlich. Sie streckten ihre Hände nach ihm aus, als wollten sie ihn in die dunkle Welt des Gemäldes ziehen.

Panisch suchte Leandro nach einer Lösung. Er erinnerte sich an eine alte Legende über das Gemälde, die besagte, dass die Seelen der Dargestellten nach Rache strebten. Er griff nach einer Flasche mit heiligem Wasser, die er bei sich trug, und spritzte sie gegen das Gemälde.

Ein greller Blitz durchzuckte den Raum, gefolgt von einem schrecklichen Schrei. Die Gestalten auf dem Gemälde begannen zu wimmern und zu verschwinden, als ob sie zurück in ihre düstere Welt gezogen wurden. Die

Atmosphäre im Raum klärte sich, und die Albträume und Visionen hörten abrupt auf.

Leandro sank erschöpft auf einen Stuhl und starrte auf das Gemälde, das nun wieder ruhig an der Wand hing. Die Rache der Geister schien vorerst gebannt zu sein, doch er wusste, dass das Geheimnis um das Gemälde von Ashton Manor noch lange nicht gelöst war.

Der Spiegel im Wald

Es war ein düsterer Herbstnachmittag, als sich eine Gruppe von Freunden – Lukas, Marie, Jonas und Lea – entschied, tief in den nahegelegenen, verlassenen Wald zu wandern. Der Wald war alt, seine knorrigen Bäume standen eng zusammen, und die tiefhängenden Äste schienen die Pfade in Schatten zu hüllen. Eine alte Legende rankte sich um diesen Ort, über Geister und verlorene Seelen, die den Wald heimsuchten, doch die Gruppe lachte über diese Geschichten. Sie suchten Abenteuer, nicht Geister.

Als sie immer tiefer in den Wald vordrangen, stießen sie auf eine Lichtung, die von dichtem Nebel umgeben war. In der Mitte stand etwas Unerwartetes – ein großer, verstaubter Spiegel, aufrecht und schief gegen einen Baum gelehnt. Der Rahmen war mit seltsamen Symbolen und Ranken verziert, und der Spiegel selbst war von einem dicken Schleier aus Schmutz und Staub überzogen.

„Was zum…", murmelte Lukas und trat näher. „Was macht ein Spiegel hier draußen?"

„Vielleicht hat jemand ihn hergebracht, um sich hier zu verstecken", sagte Jonas lachend. „Das ist doch der perfekte Ort für seltsamen Kram."

Marie, die mutigste von ihnen, trat als Erste vor und wischte den Staub mit ihrer Hand von der Oberfläche. „Lasst uns mal reinschauen", sagte sie. „Vielleicht sieht man etwas Gruseliges."

Als sie ihren Blick in den Spiegel warf, erwartete sie ihr eigenes Spiegelbild, doch das, was sie sah, ließ sie sofort erstarren. „Was… was ist das?" flüsterte sie, und ihre Stimme zitterte.

Die anderen traten näher heran, einer nach dem anderen. Auch sie blickten in den Spiegel und sahen nicht ihre eigenen Gesichter. Stattdessen erschienen darin schemenhafte Gestalten – unheimlich und unscharf. Die Figuren waren weit entfernt, kaum mehr als Silhouetten, aber sie bewegten sich. Langsam, aber sicher, kamen sie näher.

„Das… das ist unmöglich", stammelte Lea, und ihre Augen weiteten sich vor Angst. „Wer sind diese Leute?"

Die Gruppe wich zurück, doch Jonas, der es nicht glauben wollte, trat wieder vor. „Es ist nur ein Trick", sagte er, auch wenn seine Stimme unsicher klang. „Vielleicht ist es nur eine Spiegelung der Bäume oder..."

Doch als er genauer hinsah, erstarrte auch er. Die Gestalten im Spiegel waren jetzt näher. Sie sahen aus wie Menschen, aber ihre Gesichter waren verzerrt, unförmig, ihre Augen hohl und leer. Es war, als ob sie langsam aus einer anderen Welt in die Realität hinein schritten.

„Das sind keine Bäume", flüsterte Marie. „Sie kommen näher. Ich spüre es."

Panisch drehte sich die Gruppe um, bereit, den Wald so schnell wie möglich zu verlassen. Sie rannten, stolperten über Wurzeln und Gestrüpp, der Nebel schien ihnen den Atem zu nehmen. Doch egal, wie schnell sie liefen, das Gefühl, beobachtet zu werden, ließ sie nicht los.

Lukas war der Erste, der es aussprach: „Sie… sie sind hier!"

Lea drehte sich um und konnte es sehen. Die Gestalten, die sie im Spiegel gesehen hatten, waren jetzt nicht mehr nur Reflexionen. Sie tauchten zwischen den Bäumen auf, schattenhafte Figuren, die sie verfolgten. Sie bewegten sich auf eine Art, die nicht menschlich war – still, geschmeidig, und doch so schnell, dass es den Freunden den Atem raubte.

„Wir müssen hier raus!" schrie Marie, während sie versuchte, den Pfad zurückzufinden. Doch der Wald hatte sich verändert. Die Wege, die sie gekommen waren, schienen verschwunden, als hätten die Bäume sie absichtlich in die Irre geführt.

„Da vorne!" Jonas deutete auf einen Durchgang zwischen den Bäumen, der heller aussah. Doch je näher sie kamen, desto deutlicher wurde es: Es war eine Sackgasse. Sie waren in einer Art natürlichen Käfig gefangen, und die Gestalten rückten immer näher.

Lukas schnappte nach Luft und drehte sich panisch um. „Was… was wollen die von uns?" Seine Stimme brach, als er in die gespenstischen Gesichter der Verfolger starrte. Keine Augen, keine Münder, nur blasse, gesichtslose Schatten, die sich lautlos auf sie zubewegten.

„Ich glaube, wir haben sie... befreit,“ flüsterte Marie. „Der Spiegel... Er war eine Art Tor.“

„Dann müssen wir ihn zerstören!“ Lea, die sich vor Angst kaum noch bewegen konnte, schrie plötzlich auf. „Das ist unsere einzige Chance!“

Die Gruppe kehrte um, rannte zurück in Richtung der Lichtung, wo der Spiegel noch immer stand. Die Gestalten folgten ihnen, ihre Präsenz fühlbar, als ob sie direkt hinter ihnen waren. Der Wald schien sich zu verdichten, die Dunkelheit schloss sich um sie.

Endlich erreichten sie den Spiegel. Doch etwas war anders. Die Gestalten im Spiegel waren jetzt fast direkt am Glas. Ihre hohlen Augen starrten ausdruckslos heraus, als ob sie nur noch einen Schritt davon entfernt waren, in die reale Welt zu treten.

„Schnell!“ Jonas hob einen großen Ast vom Boden und schwang ihn gegen den Spiegel. Mit einem ohrenbetäubenden Knall zersplitterte das Glas in tausend Stücke. Doch anstatt auf den Boden zu fallen, lösten sich die Splitter in der Luft auf, als ob sie nie existiert hätten.

Ein Moment der Stille breitete sich aus. Die Gestalten waren verschwunden. Der Wald wirkte wieder normal, die

Bäume weniger bedrohlich, der Nebel begann sich zu lichten.

Die Freunde atmeten schwer, unfähig, das Geschehene zu begreifen. „Sind sie... weg?" fragte Lea, immer noch zitternd.

„Ich glaube schon", flüsterte Marie, doch sie klang nicht überzeugt.

Als die Gruppe sich langsam auf den Weg zurück aus dem Wald machte, herrschte bedrückende Stille. Doch sie alle spürten es: Etwas hatte sich verändert. Etwas hatte sich gelöst, und sie waren nicht sicher, ob es wirklich vorbei war.

Noch während sie den Rand des Waldes erreichten, spürte Marie, wie ein kalter Luftzug ihr über den Nacken strich. Sie wagte es nicht, sich umzudrehen, doch in ihrem Inneren wusste sie, dass sie es hätte tun sollen.

Denn als sie in der Reflexion eines kleinen Pfützchens am Boden vorbeiging, sah sie es wieder: die Gestalten. Sie waren nicht verschwunden.

Sie folgten ihnen immer noch.

Die letzte Klingel

Halloween. In der kühlen Nachtluft der kleinen Stadt schwebte eine unheimliche Stille, während die letzten Gruppen von verkleideten Kindern ihre Süßigkeiten sammelten. Doch es war nicht die typische Halloween-Nacht, die Ben, Mia, Luca und Sophie beschäftigte. Ihre Gedanken kreisten um die alte Villa am Stadtrand – das verlassene, heruntergekommene Haus, um das sich seit Jahrzehnten eine düstere Legende rankte.

„Die letzte Klingel", nannte man sie. Die Geschichte besagte, dass jeder, der um Mitternacht an Halloween an der Tür der Villa klingelte, in eine andere Welt gezogen würde. Es hieß, man würde nie wieder zurückkehren – oder wenn doch, dann ohne Erinnerung daran, was geschehen war. Die Teenager hatten diese Geschichte schon unzählige Male gehört, aber sie hatten sich geschworen, dieses Jahr herauszufinden, was wirklich hinter der Legende steckte.

„Was, wenn es wirklich passiert?" fragte Sophie nervös, als sie auf das Haus zugingen. Der Mond schien groß und bleich durch den düsteren Nebel, der um die Villa waberte. Das Haus selbst wirkte wie aus einem Albtraum: Verfallene Fenster, morsche Holzbretter und eine Eingangstür, die aussah, als würde sie bei der geringsten Berührung auseinanderfallen.

„Es passiert nichts", sagte Luca mit gespielter Gelassenheit. „Es ist nur eine alte Geschichte, um Kinder zu erschrecken. Wir klingeln, lachen drüber, und dann gehen wir nach Hause.“

Ben, der die Idee ursprünglich angestoßen hatte, blieb vor der Villa stehen und sah auf die Uhr. „Noch fünf Minuten bis Mitternacht“, sagte er und grinste breit. „Bereit?“

Mia schüttelte leicht den Kopf, konnte aber nicht leugnen, dass auch sie von der Neugier gepackt war. Sie alle waren es. Niemand sprach es aus, doch die Anziehungskraft der Legende war unwiderstehlich. Was, wenn es wirklich stimmte? Was, wenn das Unbekannte sie erwartete?

Mit jeder Minute, die verstrich, schien die Luft schwerer zu werden. Die Schatten der Bäume ringsum wurden länger, verzerrter, und das Haus selbst schien sich vor ihren Augen zu verändern. Aber niemand sagte etwas. Der Moment kam näher.

„Mitternacht“, flüsterte Ben, während sein Handy die volle Stunde anzeigte. Ohne zu zögern, trat er vor und drückte die Klingel neben der Tür. Das metallische Geräusch hallte dumpf in der Stille wider.

Die vier standen still, die Augen auf die alte Tür gerichtet, erwarteten etwas – ein Geräusch, eine Bewegung, ein Zeichen. Doch es geschah nichts. Minuten vergingen, und die Spannung wich langsam einem Gefühl der Erleichterung.

„Siehst du? Nichts passiert", sagte Luca lachend, während er sich umdrehte. „Es ist nur eine dämliche Ge—"

Plötzlich hörten sie es. Ein tiefes, klares Läuten, das durch die Nacht schnitt. Eine Klingel, die nicht von der alten Tür zu kommen schien, sondern von irgendwo tief unten – aus dem Inneren des Hauses, aus einer anderen Welt.

Ben drehte sich ruckartig um, seine Augen weit vor Schreck. „Habt ihr das gehört?" fragte er.

Die anderen sahen ihn verwirrt an. „Was meinst du?" fragte Mia.

„Die Klingel! Ihr habt sie doch gehört!" Ben sah sie entgeistert an. Doch als er in ihre Gesichter blickte, erkannte er, dass sie nichts wahrgenommen hatten.

„Ben, niemand hat etwas gehört", sagte Sophie zögerlich. „Vielleicht bildest du dir das nur ein."

Doch Ben wusste, dass es keine Einbildung war. Er hatte die Klingel gehört, klar und deutlich, als ob sie für ihn allein geläutet hätte. Ein Schauer lief ihm über den Rücken, als er versuchte, das Gefühl loszuwerden, dass etwas mit ihm nicht stimmte.

„Ich… ich hab sie wirklich gehört", murmelte er, während er rückwärts von der Tür wich. Doch bevor er weiterreden konnte, flackerte das Licht der Straßenlaterne auf, und die Welt um ihn herum veränderte sich schlagartig. Der Mond schien plötzlich heller, der Nebel dichter, und die Villa vor ihm schien sich auszuweiten, als ob sie ihn verschlingen wollte.

Ben wollte schreien, doch kein Laut drang aus seiner Kehle. Er drehte sich um, um zu seinen Freunden zurückzurennen, doch da war niemand mehr. Die Villa hatte ihn umschlossen, und die Dunkelheit zog ihn hinein.

Am nächsten Morgen wachten Mia, Luca und Sophie auf einer Parkbank am Rand der Stadt auf. Ihre Köpfe dröhnten, und für einen Moment wussten sie nicht, wie sie dort hingekommen waren.

„Was... was ist passiert?" murmelte Mia und rieb sich die Augen.

„Wir waren... bei der Villa", sagte Luca langsam, als ob er versuchte, sich an ein verlorenes Puzzleteil zu erinnern. Doch das Bild blieb bruchstückhaft, verschwommen. „Ich weiß es nicht..."

Sophie sah sich hektisch um. „Wo ist Ben?"

Alle drei starrten sich an. Irgendetwas fehlte, ein Gefühl der Leere, das sie nicht erklären konnten. Sie erinnerten sich an den Weg zur Villa, an das Verfallen des Hauses und die Geschichten, die sie sich erzählten, aber danach... nichts. Keine Erinnerung an die Mitternacht, an das, was sie dort getan hatten – und keine Spur von Ben.

Die Polizei wurde eingeschaltet, die Stadt durchforstet. Doch Ben blieb verschwunden. Niemand konnte sich erklären, was geschehen war. Die drei Freunde waren ratlos, geplagt von einer Lücke in ihrem Gedächtnis, die sie nicht füllen konnten. Und doch spürten sie tief in sich, dass etwas an dieser Nacht nicht stimmte.

Wo war Ben? Was hatte die Klingel ausgelöst?

Jedes Jahr, wenn Halloween näher rückte, wuchs die Unruhe in ihren Herzen. Manchmal, in den stillen Momenten, wenn der Wind durch die Bäume rauschte, glaubten sie, eine ferne Klingel zu hören. Ein schwaches, dunkles Läuten, das nur für sie zu klingen schien.

Doch keiner von ihnen wagte es je wieder, zur Villa zurückzukehren. Denn sie wussten: Wer einmal die letzte Klingel hört, kehrt niemals mehr zurück.

Der verfluchte Halloween-Kostümshop

Es war der Abend vor Halloween, und Emma eilte durch die regennassen Straßen der Stadt. Ihr Atem bildete kleine Wolken in der kühlen Herbstluft, und ihre Schritte hallten auf dem Kopfsteinpflaster wider. Morgen würde die große Halloween-Party stattfinden, und sie hatte immer noch kein Kostüm. Alle Geschäfte waren bereits geschlossen, doch sie war fest entschlossen, noch etwas zu finden.

Gerade als sie den Gedanken aufgeben wollte, fiel ihr Blick auf einen kleinen Laden in einer Seitengasse, den sie noch nie zuvor gesehen hatte. Ein schlichtes Schild hing über der Tür: **„Der Verborgene Kostümshop"**. Der Laden wirkte alt und unscheinbar, doch in einem der Fenster konnte sie vage die Umrisse von Kostümen und Masken erkennen, die von Kerzenlicht schwach beleuchtet wurden.

Emma zögerte kurz, dann drückte sie die schwere Holztür auf. Eine Glocke klingelte leise, und ein seltsames, aber verlockendes Aroma von Staub und altem Leder füllte die Luft. Der Laden war eng und vollgestopft mit Kostümen, die von der Decke hingen oder auf antiken Kleiderständern drapiert waren. Überall waren seltsam aussehende Masken, Perücken und Requisiten. Es sah aus wie eine Sammlung von Dingen, die seit Jahrhunderten unberührt geblieben waren.

Hinter dem Tresen stand ein älterer Mann mit blassem Gesicht und tief liegenden Augen, die Emma mit einem wissenden Blick musterten. Er lächelte schmal.

„Du suchst ein Kostüm für morgen, nicht wahr?" fragte er, bevor Emma auch nur ein Wort sagen konnte. Seine Stimme war ruhig, fast flüsternd, aber dennoch fesselnd.

Emma nickte. „Ja, ich habe noch nichts gefunden. Irgendwas, das… besonders ist."

Der Mann nickte verstehend und verschwand in einem hinteren Bereich des Ladens, wo sich Regale bis zur Decke erstreckten. Nach wenigen Minuten kehrte er zurück, ein Kostüm in den Händen, das perfekt schien.

Es war ein Kleid, wie aus einer anderen Zeit: schwarz, mit goldenen Stickereien, die an die Kleider einer edlen Hexe erinnerten. Der Stoff schien im schwachen Licht zu schimmern, und als Emma es in die Hände nahm, fühlte es sich überraschend weich an, fast lebendig.

„Es ist wie für dich gemacht", sagte der Mann mit einem geheimnisvollen Lächeln. „Es wird dich verwandeln."

Emma grinste, beeindruckt von der Qualität und dem außergewöhnlichen Stil des Kostüms. „Wie viel kostet es?" fragte sie.

Der Mann winkte ab. „Oh, keine Sorge. Für dich heute – kostenlos. Aber sei vorsichtig… Kostüme haben eine Art, ihre Träger zu prägen."

Emma lachte, unsicher, ob er einen Scherz machte, doch sie nahm das Kostüm. Sie wollte nicht weiter darüber nachdenken und bedankte sich hastig, bevor sie in die Nacht hinaus in Richtung ihrer Wohnung eilte.

Zu Hause zog Emma sofort das Kostüm an. Es passte perfekt, als wäre es direkt für sie geschneidert worden. Sie betrachtete sich im Spiegel und staunte über die Eleganz des Kleides. Ihre Augen wirkten tiefer, ihr Gesicht schärfer und geheimnisvoller. Sie drehte sich um und lächelte, stolz auf die Wahl, die sie getroffen hatte.

Doch je länger sie das Kostüm trug, desto seltsamer fühlte sie sich. Eine kalte Welle durchlief ihren Körper, als ihre Finger die goldenen Stickereien berührten. Sie schien sich mit jedem Moment mehr mit dem Kostüm zu verbinden. Ihre Haut wurde blasser, ihre Augen dunkler, ihre Haare länger und dunkler. Ein Zittern durchlief sie, aber sie schüttelte es ab.

„Ich bin einfach nur müde", sagte sie sich. Doch dann fiel ihr Blick erneut auf den Spiegel, und ihr Herz setzte kurz aus.

Die Person, die ihr entgegenstarrte, war nicht mehr sie.

Ihre Augen waren nicht mehr menschlich, sondern leuchteten in einem düsteren Gelb. Ihr Gesicht war blass wie Mondlicht, und eine dunkle, fast bedrohliche Aura umgab sie. Es war, als würde das Kostüm sie verformen, sowohl äußerlich als auch innerlich. Sie spürte, wie sich ihre Gedanken veränderten. Ein fremdes, bösartiges

Lächeln huschte über ihre Lippen, als ob etwas in ihr erwacht war, das schon lange schlummerte.

Emma wollte das Kostüm ausziehen, doch ihre Hände gehorchten ihr nicht. Sie zitterte, als sie merkte, dass der Stoff des Kleides sich wie eine zweite Haut an sie schmiegte, als ob er mit ihrem Körper verschmolzen wäre. Mit wachsendem Entsetzen wurde ihr klar, dass sie nicht mehr allein war – etwas in dem Kostüm hatte von ihr Besitz ergriffen.

„Was passiert mit mir?" flüsterte sie panisch. Sie spürte, wie eine fremde Präsenz ihre Gedanken durchdrang, ihre Erinnerungen überlagerte. Bilder von längst vergangenen Zeiten tauchten vor ihrem inneren Auge auf: Hexenrituale, dunkle Zaubersprüche, verlorene Seelen.

Emma stolperte zurück zum Spiegel, und da sah sie es: Im Hintergrund, hinter ihrem eigenen Spiegelbild, erschienen andere Gestalten. Frauen und Männer, die alle Kostüme trugen, die nicht von dieser Welt zu stammen schienen. Ihre Gesichter waren leer, ihre Augen leerer noch. Sie alle hatten denselben Ausdruck – das verzweifelte Wissen, dass sie gefangen waren.

Eine Frau mit einem ähnlichen Kleid wie Emmas trat im Spiegel vor. Ihr Mund öffnete sich stumm, und Emma erkannte in ihrem gequälten Blick die unausgesprochene Warnung.

„Du bist nicht die Erste."

Mit einem Ruck löste sich Emma vom Spiegel und rannte aus dem Zimmer. Sie versuchte das Kleid von ihrem Körper zu reißen, doch es war nutzlos. Mit jeder Sekunde verschmolz sie mehr mit dem Kostüm, verlor mehr von sich selbst. Ihre Gedanken wurden trügerisch, ein wütender Hunger füllte sie – ein Hunger nach Macht, nach Kontrolle.

Plötzlich spürte sie eine unsichtbare Kraft, die sie zur Tür hinauszog. Das Kostüm war nicht nur eine Verkleidung – es war eine Falle, und sie war nun Teil der finsteren Geschichte, die in dem unscheinbaren Laden verborgen lag.

Am nächsten Tag, als die Sonne aufging, war Emma verschwunden. Ihre Wohnung war leer, das Kostüm wie von Geisterhand zusammengefaltet auf dem Boden liegend. Niemand wusste, wo sie hingegangen war.

Und der kleine Kostümshop in der Seitengasse? Er war verschwunden, als hätte er nie existiert. Doch die Legende von Emma und dem verfluchten Kostüm würde die Stadt für viele Jahre begleiten, während andere junge Seelen in einer endlosen Spirale das gleiche Schicksal erleiden würden.

Die kleine Hexe und ihr Kürbisfreund

Es war einmal eine kleine Hexe namens Lila, die auf einem zauberhaften Hügel lebte, umgeben von bunten Kürbisfeldern und alten, knorrigen Bäumen. Halloween war Lilas Lieblingstag im ganzen Jahr, denn an diesem besonderen Tag durfte sie ihre allerliebsten Zaubersprüche ausprobieren und die magischsten Abenteuer erleben.

Eines Herbstmorgens, nur wenige Tage vor Halloween, spazierte Lila durch ihr Kürbisfeld und suchte nach dem perfekten Kürbis für ihre Kürbislaterne. Sie durchstöberte die leuchtend orangefarbenen Ranken, bis ihr Blick auf einen besonders kleinen, aber sehr runden Kürbis fiel. Er sah so freundlich aus, mit einer glatten Schale und einer winzigen, frechen Krümmung im Stiel.

„Du bist perfekt!", sagte Lila begeistert und hob den kleinen Kürbis auf. Sie spürte sofort, dass er etwas Besonderes war. Während sie ihn sanft in den Händen wiegte, bildete sich auf dem Kürbis – zu Lilas Überraschung – ein winziges Lächeln.

„Hallo!", piepste eine zarte Stimme. Lila ließ fast den Kürbis fallen. „Du… du kannst sprechen?" fragte sie ungläubig.

„Natürlich", antwortete der Kürbis. „Ich bin ja nicht irgendein Kürbis! Ich bin Pips, der magische Kürbis."

Lila konnte ihr Glück kaum fassen. „Oh, Pips, du bist genau das, was ich gebraucht habe! Ich wollte schon immer einen magischen Freund haben."

Von diesem Moment an waren Lila und Pips unzertrennlich. Sie verbrachten die Tage damit, lustige Zaubersprüche auszuprobieren, sich Geschichten zu erzählen und über die Hügel zu hüpfen – oder, naja, Lila hüpfte, während Pips von ihr getragen wurde. Er war ja schließlich ein Kürbis!

Der Abend vor Halloween war gekommen, und Lila saß mit Pips in ihrer gemütlichen kleinen Hexenhütte. Draußen wehte der Herbstwind und ließ die Blätter tanzen. In der Ferne konnten sie das Lachen von Kindern hören, die sich auf die gruselige Nacht freuten.

„Weißt du, Lila", sagte Pips nachdenklich, „es ist schön, dass wir so gute Freunde geworden sind. Aber ich habe ein kleines Problem."

Lila beugte sich zu ihm herunter. „Was denn, Pips? Du kannst mir alles sagen."

„Nun ja", begann er, „ich habe Angst vor Halloween. Alle anderen Kürbisse werden zu gruseligen Laternen geschnitzt, und ich habe Angst, dass ich mein fröhliches Gesicht verliere."

Lila lachte sanft und strich Pips über seine glatte Schale. „Oh, Pips, ich würde niemals etwas tun, das dir nicht gefällt. Du musst keine Angst haben. Du bleibst genauso, wie du bist – mein kleiner, süßer Kürbisfreund."

Pips' Gesicht leuchtete vor Erleichterung. „Danke, Lila! Du bist die beste Freundin, die ich mir wünschen könnte."

Am nächsten Tag, als die Dämmerung hereinbrach und Halloween offiziell begann, machten sich Lila und Pips auf den Weg ins Dorf. Sie wollten die fröhlichen Kinder mit ihren Kostümen bewundern und vielleicht den ein oder anderen Zaubertrick zeigen.

„Aber was soll ich sein?" fragte Pips aufgeregt. „Alle Kinder verkleiden sich, aber ich habe kein Kostüm!"

Lila grinste verschmitzt. „Ich hab da eine Idee!" Mit einem Schwung ihres Zauberstabs schwebte plötzlich ein winziger Hexenhut durch die Luft und landete direkt auf Pips' Stiel. Er sah so lustig aus, dass Lila kichern musste.

„Perfekt!", rief Pips begeistert. „Jetzt bin ich ein Hexenkürbis!"

Gemeinsam spazierten sie durch das Dorf, und die Kinder lachten fröhlich, als sie Pips mit seinem kleinen Hut sahen. Niemand hatte je so einen freundlichen, magischen Kürbis gesehen! Lila und Pips zauberten bunte Funken in die Luft, ließen Süßigkeiten tanzen und machten aus jeder Ecke des Dorfes eine magische Überraschung.

Die Nacht war erfüllt von Lachen, Freude und einem besonderen Gefühl der Freundschaft, das nur Lila und Pips so tief verband. Als sie spät in der Nacht den Heimweg antraten, funkelten die Sterne über ihnen, und der Mond schien besonders hell.

„Danke, Lila", flüsterte Pips, während er müde an ihrer Seite hing. „Das war das schönste Halloween, das ich je erlebt habe."

Lila lächelte sanft. „Es war auch für mich das schönste, Pips. Weil du bei mir warst."

Und so kehrten sie gemeinsam in ihre kleine Hütte zurück, wo Pips sicher in einer warmen Ecke lag und von weiteren Abenteuern träumte. Denn eines war sicher: Mit einer Freundin wie Lila würde es nie langweilig werden – und Halloween würde für sie immer eine ganz besondere Nacht bleiben.

Der verzauberte Süßigkeitenladen

Es war der 30. Oktober, und die kleine Stadt Blütenberg bereitete sich auf Halloween vor. Die Straßen waren geschmückt mit bunten Spinnweben, leuchtenden Kürbissen und gruseligen Figuren. Inmitten des Trubels stand ein ganz besonderer Laden: „Mia's Zaubersüßigkeiten". Es war ein kleines Geschäft, das nur einmal im Jahr öffnete, und es war bekannt für seine magischen Leckereien.

Mia, die Besitzerin, war ein fröhliches Mädchen mit lockigem, rotem Haar und funkelnden grünen Augen. Sie war nicht nur bekannt für ihre köstlichen Süßigkeiten, sondern auch für ihre kleinen Zaubertricks, die sie in die Rezepte einfließen ließ. Jeder, der ihre Süßigkeiten probierte, erlebte ein kleines Wunder.

An diesem besonderen Abend war Mia besonders aufgeregt. Die Gläser in ihrem Laden waren randvoll mit bunten Bonbons, schimmernden Lollis und schokoladigen Leckereien, die alle ein wenig Zauber beinhalteten. Über dem Eingang hing ein Schild mit den Worten: „Komm herein und erlebe die Magie des Halloween!"

Als die ersten Kinder eintrafen, strahlten ihre Augen vor Freude. Sie liefen durch den Laden, während Mia ihnen fröhlich die verschiedenen Süßigkeiten zeigte. „Hier, das sind die leuchtenden Zuckerstangen! Sie bringen das

Lächeln zurück, wenn du traurig bist!" sagte sie und überreichte einem kleinen Jungen eine leuchtende Zuckerstange.

Die Kinder griffen nach den Süßigkeiten, während Mia die magischen Effekte erklärte. Doch dann kam ein ganz besonderes Mädchen in den Laden – es war Leni, ein schüchternes, zurückhaltendes Mädchen mit einem Haufen brauner Locken, das zum ersten Mal zu Mia's Zaubersüßigkeiten kam.

„Hallo, Leni! Was suchst du?", fragte Mia freundlich.

„Ich… ich weiß nicht", murmelte Leni und schaute schüchtern auf den Boden. „Ich möchte nur… etwas, das mir hilft, mutiger zu sein."

Mia lächelte sanft und dachte einen Moment nach. „Ich habe genau das Richtige für dich!" Sie griff nach einer kleinen, glitzernden Schachtel, die auf dem Tisch stand. „Das sind die Mutmach-Bonbons. Sie geben dir den Mut, alles zu tun, was du dir wünschst!"

Leni's Augen leuchteten auf, und sie nahm die Schachtel vorsichtig in die Hände. „Wie funktionieren sie?"

„Du musst einfach einen Bonbon lutschen und dir etwas wünschen! Aber denk daran, dass der Mut in dir steckt – die Bonbons helfen dir nur, ihn zu entdecken", erklärte Mia mit einem Lächeln.

Leni bedankte sich und ging mit der Schachtel voller Bonbons nach Hause, aufgeregt und nervös zugleich. Am nächsten Abend war Halloween, und Leni wollte zu der großen Kostümparty im Park gehen. Doch der Gedanke daran machte sie ängstlich. Sie setzte sich auf ihr Bett und sah die glitzernde Schachtel an.

„Okay, Leni", murmelte sie zu sich selbst. „Es ist Zeit, mutig zu sein." Sie öffnete die Schachtel und nahm einen Bonbon heraus. Der Bonbon funkelte in den Farben des Regenbogens und duftete süß nach Vanille. Sie lutschte an dem Bonbon und schloss die Augen.

In diesem Moment spürte sie ein warmes Gefühl, das durch ihren Körper strömte. Es war, als würde eine kleine Flamme in ihr entzündet. „Ich kann das", dachte sie und lächelte.

Als die Nacht anbrach, zog Leni ihr Kostüm an – ein glitzerndes Elfenkleid mit funkelnden Flügeln. Sie fühlte sich sofort besser. Als sie den Park betrat, sah sie all die fröhlichen Gesichter der anderen Kinder. Sie atmete tief ein und ging mutig auf die Gruppe zu.

„Hey! Kommt ihr mit zu den Spielen?", rief Leni und fühlte, wie der Mut in ihr wuchs. Die anderen Kinder schauten überrascht, aber dann lächelten sie und nickten. Leni hatte die Gruppe schnell um sich versammelt, und sie spielten Spiele, tanzten und lachten bis in die Nacht.

Am Ende des Abends fühlte Leni sich, als hätte sie eine ganz neue Seite an sich entdeckt. Sie hatte neue Freunde gefunden und sich den Herausforderungen des Abends gestellt. Als sie schließlich nach Hause ging, war ihr Herz voller Freude und Stolz.

Am nächsten Tag stand Leni wieder in Mia's Zaubersüßigkeitenladen. „Mia! Die Bonbons haben funktioniert! Ich habe so viel Spaß gehabt!"

Mia strahlte vor Freude. „Ich wusste, dass du es kannst! Mut kommt von innen, aber manchmal brauchen wir einen kleinen Schub, um ihn zu finden."

Von diesem Tag an besuchte Leni regelmäßig den Laden, um ihre Freunde zu bringen und neue Leckereien zu entdecken. Halloween wurde für sie nicht nur ein Feiertag, sondern eine Feier des Mutes, der Freundschaft und der kleinen Wunder, die das Leben bereithielt.

Und Mia? Sie zauberte weiterhin süße Erinnerungen in die Herzen der Kinder in Blütenberg, mit ihren magischen Süßigkeiten und den kleinen Wundern, die sie stets mit einem Lächeln begleitete.

Das Haus der vergessenen Seelen

In einem kleinen, abgelegenen Dorf, umgeben von dunklen Wäldern, stand ein verlassenes Haus. Die Dorfbewohner mieden es, und das hatte einen guten Grund: Man erzählte sich, dass es dort spukte. Es hieß, dass jeder, der den Mut hatte, das Haus an Halloween zu betreten, nie wieder zurückkehrte.

Es war der Abend vor Halloween, als eine Gruppe von fünf Freunden – Laura, Tim, Sarah, Max und Jonas – beschloss, das alte Haus zu erkunden. „Komm schon, das ist nur eine Geschichte", sagte Max herausfordernd, während er sein Smartphone zückte, um das ganze Abenteuer aufzuzeichnen. „Wir müssen herausfinden, was wirklich los ist!"

Mit Taschenlampen und einem Haufen Mut machten sich die Freunde auf den Weg. Der Mond war hell und schien durch die dichten Wolken, während der Wind durch die Bäume pfiff und unheimliche Geräusche machte. Das Haus war ein Schatten in der Dunkelheit, seine Fenster leer und schwarz wie die Nacht.

Als sie die knarrende Tür aufstießen, erfüllte ein kalter Luftzug den Raum. Es roch nach Moder und Staub, und der Boden war mit zerbrochenen Möbeln und verstaubten Bildern bedeckt. „Hier ist nichts Unheimliches", murmelte Sarah, doch ihre Stimme zitterte leicht.

Die Gruppe schaltete ihre Taschenlampen ein und begann, das Haus zu erkunden. Sie fanden verlassene Räume mit alten Möbeln, die wie Geister in der Dunkelheit standen. Die Wände waren mit verblassten Tapeten bedeckt, und an einigen Stellen blätterte die Farbe ab, als wäre das Haus bereit, seine Geheimnisse zu enthüllen.

Nach einer Weile stießen sie auf eine Treppe, die ins Obergeschoss führte. „Komm, lass uns nachsehen, was da oben ist", schlug Tim vor. Widerwillig stimmten die anderen zu, und sie begaben sich die knarrenden Stufen hinauf. Oben angekommen, fanden sie einen langen Flur mit mehreren Türen.

Die erste Tür, die sie öffneten, führte in ein kleines, dunkles Zimmer. Auf einem Tisch lag ein altes Tagebuch, dessen Seiten vergilbt und zerfranst waren. Laura blätterte vorsichtig darin und las laut: „Sie kommen in der Nacht. Sie wissen, dass wir hier sind. Wir müssen uns verstecken…" Plötzlich hörten sie ein leises Flüstern hinter sich.

„Habt ihr das gehört?" fragte Jonas und drehte sich um. Doch da war niemand. „Es war wahrscheinlich nur der Wind", beruhigte ihn Sarah, obwohl sie selbst ein mulmiges Gefühl hatte.

Entschlossen, das Rätsel zu lösen, durchsuchten sie weitere Zimmer. In einem Raum fanden sie verblasste Fotos von Menschen, die einst in dem Haus gelebt hatten. Ihre Gesichter waren verwittert, aber in ihren Augen lag eine unerklärliche Traurigkeit. „Was ist mit ihnen passiert?“, fragte Laura.

„Vielleicht sind sie einfach weggezogen“, antwortete Max, obwohl er sich nicht sicher war. Doch als sie das letzte Zimmer öffneten, erlebten sie eine unheimliche Überraschung. Die Wände waren mit seltsamen Symbolen und Bildern bedeckt, die wie Zeichnungen von Schreien und Angst wirkten. In der Mitte des Raumes stand ein großer Spiegel, der ominös schimmerte.

„Das ist seltsam“, sagte Tim und trat näher an den Spiegel. Als er hineinblickte, erstarrte er. „Ich… ich sehe jemanden!“

Alle drängten sich um ihn, um zu sehen, was er sah. Doch der Spiegel zeigte nicht ihre Reflexionen. Stattdessen sahen sie die verschwommenen Silhouetten von Menschen, die hilflos in einem Raum gefangen waren. Sie schlugen gegen den Spiegel und schrieen, aber ihre Stimmen klangen gedämpft und unerhört.

In diesem Moment begann der Raum zu beben, und die Freunde hörten ein schreckliches Gelächter, das wie eine kalte Berührung über ihre Haut strich. „Wir müssen hier raus!“, rief Laura panisch. Doch als sie sich umdrehten, war der Flur anders. Die Türen waren verschwunden, und der Weg zurück war blockiert.

„Was ist passiert? Wo sind die Türen?“, schrie Max, während die Angst in seinen Augen wuchs. Der Spiegel begann zu leuchten, und die Silhouetten wurden klarer. Sie erkannten, dass es die Gesichter der früheren Bewohner waren – sie waren gefangen, und nun drohten sie, die Freunde mit sich zu ziehen.

„Lauft!", schrie Tim, und sie rannten in die entgegengesetzte Richtung. Doch die Wände schienen sich zu verschieben, und ein unheimlicher Nebel erfüllte den Raum. Das Lachen wurde lauter und überwältigte sie. Es war, als wären die vergessenen Seelen des Hauses erwacht.

Plötzlich fanden sie eine Treppe, die ins Erdgeschoss führte. Sie stürmten nach unten, das Geheul und die Flüstern hinter sich spürend. Als sie die Tür erreichten, war sie verschlossen. „Wir müssen die Tür aufbrechen!", rief Jonas und rammte mit der Schulter dagegen.

Mit einem kräftigen Stoß gab die Tür nach, und sie stolperten ins Freie, die kalte Nachtluft umhüllte sie wie eine Decke. Keuchend und zitternd standen sie im Mondlicht und sahen, wie das Haus hinter ihnen leuchtete. Die Fenster schienen sie anzustarren, und das schreckliche Lachen hallte in der Dunkelheit nach.

„Wir… wir haben es geschafft", stammelte Laura, doch das Gefühl der Erleichterung währte nur kurz. Während sie wegliefen, spürten sie das Gewicht der Blicke der gefangenen Seelen auf ihren Schultern – und das Wissen, dass das Haus noch immer hungrig war.

Jahre später wagte es niemand mehr, das alte Haus zu betreten. Die Freunde hatten das Dorf verlassen, die Erinnerungen an die schreckliche Nacht waren in ihren Köpfen fest verankert. Doch manchmal, in der Stille der Nacht, wenn der Wind durch die Bäume wehte, hörten sie das Lachen und die Stimmen der vergessenen Seelen, die im alten Haus der vergessenen Seelen gefangen waren.

Das Puppenhaus

Es war ein kühler Herbstmorgen, als Anna über den Flohmarkt schlenderte. Die Blätter wirbelten in goldenen Spiralen um ihre Füße, und der Duft von Zimt und frisch gebackenen Keksen lag in der Luft. Zwischen alten Büchern, Porzellan und antikem Schmuck fiel ihr Blick auf etwas Außergewöhnliches: ein Puppenhaus.

Es war kunstvoll geschnitzt, alt, aber in bemerkenswert gutem Zustand. Die winzigen Fenster waren sorgfältig bemalt, die Dachziegel schienen wie echte Schindeln, und das Tor zur kleinen Miniaturwelt stand einladend offen. Ohne zu zögern, kaufte Anna es. Der Verkäufer hatte nur mit den Schultern gezuckt, als sie den Preis nannte, als wollte er es so schnell wie möglich loswerden.

Zuhause stellte sie das Puppenhaus auf ihren Wohnzimmertisch und konnte nicht aufhören, es zu bewundern. Es fühlte sich an, als hätte sie ein Stück Geschichte mit nach Hause genommen – etwas Kostbares. Sie öffnete die Türen und entdeckte im Inneren winzige Möbel und Puppen, die perfekt in die kleinen Zimmer passten. Es war alles detailgetreu eingerichtet, von den Minivorhängen bis hin zu den winzigen Büchern im Regal. Es wirkte lebendig, fast als ob es... wartete.

In dieser Nacht legte sich Anna früh schlafen, müde von der langen Woche. Doch mitten in der Nacht wurde sie wach – ein seltsames Geräusch durchdrang die Stille. Ein leises, kaum hörbares Knarren, als ob etwas sich bewegte.

Halb benommen ging sie ins Wohnzimmer. Das Puppenhaus stand noch dort, doch etwas war anders.

Die Puppen. Sie waren nicht mehr an den Plätzen, an denen sie sie zurückgelassen hatte. Statt still in ihren winzigen Stühlen zu sitzen, standen sie jetzt mitten in einem Raum, als ob sie sich unterhalten würden. „Das kann doch nicht sein", murmelte Anna und schob die Puppen zurück an ihre Plätze. Sie war sich sicher, dass sie sie nicht so arrangiert hatte, doch schob den Gedanken schnell beiseite. Vielleicht war es der Wind, vielleicht hatte sie es sich eingebildet.

In den folgenden Nächten wiederholte sich das seltsame Phänomen. Immer wieder fand Anna die Puppen an neuen Orten. Mal standen sie in der Küche, mal saßen sie im Wohnzimmer des Puppenhauses, als ob sie ein Eigenleben führten. Zuerst war es nur irritierend, doch dann begann es, unheimlich zu werden.

Eines Nachts jedoch änderte sich alles.

Anna wurde erneut von einem Geräusch geweckt. Diesmal war es ein dumpfes Klopfen. Ihr Herz raste, als sie leise ins Wohnzimmer schlich. Das Puppenhaus stand wie immer auf dem Tisch, doch die Puppen waren wieder nicht an ihrem Platz. Stattdessen standen sie alle aufgereiht vor der Haustür des Hauses, als ob sie auf etwas warteten.

Und dann sah sie es.

Eine neue Szene hatte sich gebildet. In einem der Zimmer des Puppenhauses war eine Puppe zu sehen, die Anna sehr ähnlich sah – mit langen braunen Haaren und einem blauen Nachthemd, genau wie sie es trug. Die Puppe stand im Wohnzimmer des Puppenhauses, während eine andere Figur, eine dunkle Gestalt, gerade dabei war, die Tür aufzubrechen.

Ihr Atem stockte. Das war kein Spiel mehr.

Mit zitternden Händen schob Anna die Puppen zur Seite, als ob sie damit die beunruhigende Szene beenden könnte. Doch plötzlich hörte sie ein Kratzen – nicht aus dem Puppenhaus, sondern... von ihrer echten Haustür.

Ihr Herz hämmerte in ihrer Brust. Langsam drehte sie sich um und sah, wie sich die Klinke ihrer Tür langsam bewegte, ganz so wie die Szene, die sie gerade im Puppenhaus beobachtet hatte. Panik ergriff sie, und sie wich zurück, stolperte fast über einen Stuhl.

Das Kratzen wurde lauter, bedrohlicher, als würde jemand oder etwas versuchen, ins Haus zu gelangen. Anna war wie erstarrt, unfähig, sich zu bewegen, als ein dumpfes Klopfen durch die Wohnung hallte.

„Das ist nicht real", flüsterte sie sich selbst zu. „Es ist nur ein Traum."

Aber das Klopfen hörte nicht auf. Schritt für Schritt ging sie rückwärts, bis sie plötzlich mit dem Puppenhaus auf dem Tisch kollidierte. Die Puppen, die sie weggeschoben hatte, standen nun wieder in ihrer unheimlichen Anordnung, starrten sie regelrecht an.

In dem Moment, in dem sie die Hand nach der Haustür ausstrecken wollte, hörte das Klopfen abrupt auf. Eine beängstigende Stille legte sich über das Zimmer. Sie zitterte, rang nach Atem – und dann fiel ihr Blick wieder auf das Puppenhaus.

Die Tür des Miniaturhauses war jetzt weit offen.

Und die Puppe, die sie darstellte, lag am Boden.

Anna starrte auf die kleine Puppe am Boden des Puppenhauses, das Gefühl der Beklemmung wuchs in ihrer Brust wie ein schwerer Stein. Der Raum um sie herum schien sich zu verdunkeln, und für einen Moment war sie sich nicht sicher, ob sie noch träumte oder wach war. Die unheimliche Stille lag wie ein dicker Schleier über ihr, und sie konnte den pochenden Klang ihres eigenen Herzschlags in ihren Ohren hören.

Sie wollte einen Schritt zurück machen, doch ihre Beine fühlten sich wie Blei an. Ihr Blick wanderte von der umgestürzten Puppe zu der dunklen Gestalt, die nun im Miniatur-Wohnzimmer stand. Sie sah aus wie eine schattenhafte Version eines Menschen – keine Gesichtszüge, nur eine bedrohliche Silhouette, die in der Dunkelheit des kleinen Zimmers lauerte.

Anna schluckte schwer. Sie wusste, dass sie etwas tun musste, aber was? War es nur ein Zufall? Hatte sie sich die Geräusche und das Klopfen eingebildet? Sie schüttelte den Kopf. Das konnte nicht sein. Das Puppenhaus zeigte ihr Dinge, die wirklich geschahen – oder geschehen würden.

Mit zitternden Fingern griff sie nach ihrem Handy, wählte den Notruf. Doch als sie auf den Anrufbutton drückte, passierte nichts. Der Bildschirm flackerte und erlosch, als wäre der Akku plötzlich leer. „Nein, das ist unmöglich..." flüsterte sie, während Panik in ihr aufstieg. Das Handy war vorhin noch bei 70 Prozent.

Dann hörte sie es wieder – das leise, scharrende Geräusch. Diesmal kam es nicht von der Haustür, sondern von einem der Fenster. Langsam drehte Anna ihren Kopf und sah, wie eine dunkle Gestalt draußen vor dem Fenster stand. Der Mond warf schwaches Licht in den Raum, genug, um die Umrisse eines Mannes zu erkennen. Er stand regungslos da, doch sein Gesicht konnte sie nicht sehen. Nur das beklemmende Wissen, dass er da war, ließ die Luft um sie herum gefrieren.

Anna wich zurück, stolperte fast und stieß mit dem Puppenhaus erneut zusammen. Ihre Augen wanderten hastig zurück zu dem kleinen Modell auf dem Tisch. Und dann sah sie es – die dunkle Gestalt, die sie eben draußen erblickt hatte, war nun auch im Puppenhaus.

Das Wohnzimmer war jetzt leer. Die kleine „Anna"-Puppe war verschwunden, und die schattenhafte Figur stand an der gleichen Stelle wie der Fremde draußen vor ihrem Fenster. Ihr war übel vor Angst, als sie erkannte, was das bedeutete.

„Das... das kann nicht sein," murmelte sie, ihre Stimme brüchig. „Das ist unmöglich."

Die schattenhafte Figur im Puppenhaus bewegte sich. Langsam. Bedrohlich. Sie trat durch das Miniaturfenster hinaus und näherte sich der Tür des Puppenhauses. Anna schluckte. Der Fremde draußen würde dasselbe tun. Ihr blieb nicht viel Zeit.

Ein plötzlicher Gedanke durchfuhr sie. Wenn das Puppenhaus ihr Leben nachahmte – oder umgekehrt –, vielleicht konnte sie die Kontrolle übernehmen. Vielleicht konnte sie die Geschichte umschreiben, bevor es zu spät war.

Mit einem verzweifelten Entschluss packte sie die kleine, schattenhafte Puppe, die das Eindringen des Fremden darstellte. Sie hielt sie in ihrer Hand, ihre Finger zitterten. Was jetzt? Was könnte sie tun?

Die Antwort kam schneller, als sie gedacht hatte. Als sie die Puppe fest umklammerte, spürte sie plötzlich, wie eine seltsame Kälte ihre Hand durchzog, und ein widerliches, kribbelndes Gefühl breitete sich in ihren Fingern aus. Es war, als würde sich die Puppe wehren, als ob sie lebendig wäre. Doch Anna gab nicht nach.

Mit einem Ruck warf sie die Puppe auf den Boden, und dann trat sie mit ihrem Fuß darauf. Ein lautes Krachen erfüllte den Raum, obwohl die Puppe so winzig war. Anna stolperte zurück, erschrocken von der Intensität des Geräuschs.

Im gleichen Moment hörte sie draußen ein Schreien. Ein gellender, unmenschlicher Schrei, der durch die kalte Nacht schnitt und dann abrupt verstummte.

Atemlos und mit rasendem Herzen drehte sie sich wieder zu dem Fenster um. Der Fremde war verschwunden. Die Nacht war still. Alles, was sie hören konnte, war ihr eigener schneller Atem.

Mit zittrigen Händen griff Anna erneut nach der schattenhaften Puppe, oder besser gesagt, nach dem, was von ihr übrig war. Sie war zerbrochen, ihre Teile lagen verstreut auf dem Boden. Und das Puppenhaus? Es war wieder still, als wäre nie etwas passiert. Die Puppen standen wieder friedlich in ihren kleinen Zimmern.

Doch Anna wusste, dass etwas geschehen war. Sie konnte es in der Luft spüren, in der plötzlichen Schwere, die das Zimmer erfüllte.

Noch lange stand sie im Raum, unfähig zu begreifen, was sie gerade erlebt hatte. Das Puppenhaus sah unschuldig aus, doch sie wusste es besser.

Am nächsten Morgen verstaute sie es in eine alte Kiste, die sie fest verschloss, und brachte es in den Keller. Dort blieb es – vergraben unter Staub und Dunkelheit, weit weg von ihrem Blick.

Doch Anna wusste, dass die Geschichte damit nicht zu Ende war.

Das Flüstern der Kürbisse

Es war eine jener Nächte, in denen der Mond nur halb zu sein schien, als hätte er beschlossen, einen Teil seiner Seele zu verstecken. Der Wind kroch wie eine hungrige Schlange durch die Gassen des kleinen Dorfes, und die Schatten der alten Eichen schienen länger als sonst.

In einem verwitterten Haus am Ende der Straße saß Leni, ein junges Mädchen mit wilden Locken und Augen, die dunkler als Mitternacht selbst waren. Vor ihr lagen drei Kürbisse, die sie am Vormittag vom Markt geholt hatte. Doch sie waren anders. Die Rillen in ihrer Haut schienen zu atmen, und ihre Farbe – nicht das übliche Orange, sondern ein tiefes, sickerndes Rot – ließ Leni frösteln.

Sie hatte die Kürbisse aufgereiht, das Messer in der Hand, bereit, die Gesichter hineinzuschneiden. Doch als die Klinge die Haut des ersten Kürbisses berührte, hörte sie ein Flüstern.

„Warum tust du das?"

Ihre Hand stockte. „Wer... wer spricht da?" fragte sie leise, obwohl sie wusste, dass niemand sonst im Raum war.

Das Flüstern kam erneut, diesmal aus dem zweiten Kürbis: **„Warum willst du uns verletzen?"**

Leni ließ das Messer fallen, das dumpf auf dem Holzboden landete. „Ich... ich wollte nur...“ Sie verstummte, unfähig, eine Erklärung zu finden.

„Wir sehen in dich hinein“, sagte der dritte Kürbis, seine Stimme wie ein kalter Hauch über ihren Nacken. **„Wir wissen, was du fürchtest.“**

„Das kann nicht wahr sein,“ murmelte Leni, doch ihre Hände zitterten.

„Dreh dich nicht um“, flüsterte der erste Kürbis nun, **„es wartet auf dich.“**

Leni spürte, wie sich ihre Haut spannte, als ob etwas Unbekanntes hinter ihr in der Luft hing. Ihr Herzschlag beschleunigte sich, ein Rhythmus, der sich mit dem Pfeifen des Windes vermischte. Sie kämpfte gegen den Drang an, über ihre Schulter zu blicken.

„Du wolltest spielen, nicht wahr?“ fragte der zweite Kürbis, seine Stimme nun höhnisch. **„Du wolltest mit uns spielen.“**

Leni stand auf, ihre Beine schwer wie Blei, aber ihre Füße trugen sie, als wären sie von etwas Unsichtbarem gezogen. Sie wollte rennen, doch ihre Schritte führten sie zu der knarrenden Treppe des Hauses, hinauf, wo das Dach sich krümmte und der Dachboden in Dunkelheit getaucht war.

Oben angekommen, sah sie es – ein altes, gesplittertes Spiegelglas, das an der Wand hing, doch es zeigte nicht ihr Spiegelbild. Es zeigte... etwas Anderes.

Ein Schatten. Schwarz und unförmig. Es lachte ohne Laut, die Augen leer und doch voller Wissen. Es war die Dunkelheit, die in Lenis Träumen gewartet hatte. Es war das, wovor sie sich immer gefürchtet hatte – das, was sie nie benennen konnte.

Und dann... fühlte sie es.

Eine Hand auf ihrer Schulter.

Ein Flüstern, das so vertraut klang, so... beruhigend: **„Willkommen zu Hause."**

In der alten Straße des Dorfes stand das Haus am nächsten Morgen still, als die Sonne den Nebel zerriss. Niemand bemerkte, dass die Tür leicht offen stand oder dass drei Kürbisse – bleich und leer – auf der Schwelle lagen, ihre Gesichter seltsam starr.

Und Leni?

Von ihr hörte man nie wieder.

Das Spiegelkabinett

Es war ein ungewöhnlich warmer Herbsttag, als fünf Freunde beschlossen, den verlassenen Jahrmarkt am Rande der Stadt zu erkunden. Der Jahrmarkt war seit Jahren geschlossen, die einst strahlenden Attraktionen verwitterten und wurden von der Natur zurückerobert. Doch eines der am meisten faszinierenden Relikte war das Spiegelkabinett. Ein Ort, der einst für seine surrealen Spiegel bekannt war, die das Aussehen der Besucher verzerrten.

Die Jugendlichen, neugierig und abenteuerlustig, betraten das Spiegelkabinett mit klopfenden Herzen. Sofort umgab sie eine seltsame Atmosphäre. Der Geruch von Staub und altem Holz hing in der Luft, während das Licht gedämpft durch die zerbrochenen Fenster hereinfiel und Lichtflecken auf den polierten Spiegeln erzeugte.

Erst war es ein Spiel. Die Freunde lachten und bewunderten ihre verzerrten Reflexionen. Doch bald begannen sie zu bemerken, dass die Spiegel mehr als nur ihr Aussehen verzerrten. In manchen Spiegeln sahen sie ihre äußeren Formen verdreht und entstellt, als ob sie Monster wären. In anderen Spiegeln sahen sie Visionen, die ihre tiefsten Ängste und geheimsten Wünsche offenbarten.

Sophie, eine der Freunde, sah in einem Spiegel eine düstere Gestalt hinter sich auftauchen, deren Augen in der Dunkelheit glühten. Jonas starrte fassungslos in einen Spiegel, der ihm zeigte, wie er von seinen schlimmsten Entscheidungen und deren Konsequenzen heimgesucht wurde. Jeder der Jugendlichen fand sich plötzlich konfrontiert mit den ungelösten Konflikten und Ängsten, die tief in ihrem Inneren verborgen lagen.

Die Atmosphäre im Spiegelkabinett wurde zunehmend beklemmender, als die Jugendlichen verzweifelt versuchten, den Ausgang zu finden. Doch je weiter sie gingen, desto tiefer schien das Labyrinth der Spiegel zu reichen. Jeder Spiegel schien eine neue Vision zu enthüllen, eine neue Schicht ihrer Psyche bloßzulegen.

Schließlich, als die Spannung ihren Höhepunkt erreichte und die Jugendlichen fast den Glauben an einen Ausweg verloren hatten, entdeckten sie einen alten, verrosteten Spiegel, der anders aussah als die anderen. Er zeigte keine verzerrten Reflexionen oder Albträume. Stattdessen spiegelte er die Realität wider, klar und unverfälscht.

Die Freunde erkannten, dass dies ihre Chance war, dem Spiegelkabinett zu entkommen. Mit letzter Kraft und gemeinsamem Mut durchbrachen sie die Illusionen der anderen Spiegel und erreichten die Freiheit des alten Jahrmarkts. Als sie ins Freie traten, war die Sonne bereits untergegangen, und der verlassene Jahrmarkt lag wieder still und verlassen da.

Die Jugendlichen schworen, nie wieder zurückzukehren. Doch in den dunklen Stunden der Nacht hörten sie manchmal noch das leise Echo der verzerrten Stimmen aus dem Spiegelkabinett, das sie an jenen Tag erinnerte, als sie ihre dunkelsten Geheimnisse und Ängste konfrontierten.

Ideen für einen perfekten Halloween Abend

•**Halloween-Kostümparty**: Organisiere eine Kostümparty mit Freunden oder Familie. Jeder kann sich in sein Lieblingskostüm werfen, es gibt gruselige Dekorationen, Musik und Spiele wie Kostüm-Wettbewerbe oder eine Spukhaus-Tour im Haus.

• **Gruselfilm-Marathon**: Verbringe den Abend mit einer Reihe von gruseligen Filmen. Klassiker sorgen für eine schaurige Atmosphäre. Stelle sicher, dass genug Popcorn und Snacks vorhanden sind!

• **Spukhaus-Besuch**: Besuche ein professionelles Spukhaus oder erstelle dein eigenes zu Hause. Setze gruselige Dekorationen ein, verstecke dich als Geist oder Monster und lass die Gäste durch einen gruseligen Parcours navigieren.

• **Geistergeschichten-Erzählen**: Setze dich mit Freunden oder der Familie um ein Lagerfeuer oder eine Kerze und erzähle Geistergeschichten. Jeder kann eine Geschichte beitragen, die die Fantasie anregt und eine Gänsehaut verursacht.

• **Halloween-Snacks und Cocktails**: Bereite gruselige Snacks und Getränke vor, die zur Stimmung passen. Denke an fingerförmige Hotdogs, Blut-Cocktails oder Kürbis-Gebäck. Kreative Präsentationen machen die Speisen noch unheimlicher.

- **Kürbisschnitzen und -malen**: Veranstalte einen Kürbisschnitzwettbewerb. Jeder kann seinen eigenen Kürbis schnitzen oder bemalen, um ihn gruselig oder lustig aussehen zu lassen. Das Ergebnis kann als Teil der Dekoration dienen.

- **Nachtwanderung im Wald**: Wenn du dich trauen möchtest, veranstalte eine Nachtwanderung im Wald oder in einem abgelegenen Bereich. Setze Fackeln oder Laternen ein, um eine geheimnisvolle Atmosphäre zu schaffen, während die Nacht fortschreitet.

- **Süßigkeiten-Sammeln für Erwachsene**: Mache eine Art Schnitzeljagd für Erwachsene, bei der sie zu verschiedenen Orten in der Stadt gehen müssen, um Süßigkeiten oder kleine Geschenke zu sammeln. Dies kann mit Rätseln oder Hinweisen verbunden sein.

- **Halloween-Handwerk**: Organisiere eine Handwerksstation, an der die Teilnehmer Halloween-Dekorationen oder Masken basteln können. Dies kann eine unterhaltsame Aktivität für alle Altersgruppen sein, um ihre kreativen Fähigkeiten zu zeigen.

Herbst Bucket List

- **Laubspaziergang**: Genieße die herbstlichen Farben und sammle bunte Blätter.

- **Kürbisschnitzen**: Besuche einen Kürbishof und schnitze deine eigenen Halloween-Kürbisse.

- **Herbstliches Picknick**: Packe einen Korb mit herbstlichen Leckereien und genieße sie in einem Park oder im Wald.

- **Apfelernte**: Besuche einen Apfelgarten und pflücke frische Äpfel. Backe danach einen Apfelkuchen oder mache Apfelmus.

- **Herbstdekoration**: Dekoriere dein Zuhause mit herbstlichen Motiven wie Kürbissen, Blättern und Kerzen.

- **Erntedankfest feiern**: Organisiere ein Erntedankfest mit Familie oder Freunden und teile dankbare Gedanken.

- **Herbstbasteln**: Gestalte herbstliche Dekorationen wie Türkränze oder Tischdekorationen.

- **Herbstliches Backen**: Backe Kürbisbrot, Zimtrollen oder andere Leckereien mit herbstlichen Gewürzen.

- **Wanderung im Wald**: Genieße die kühle Herbstluft bei einer Wanderung durch den Wald, um die veränderte Landschaft zu bewundern.

- **Herbstliches Fotoshooting**: Nutze die schönen Farben und das Licht des Herbstes für ein Fotoshooting im Freien.

- **Pumpkin Spice Latte probieren**: Besuche ein Café und probiere eine Pumpkin Spice Latte oder andere herbstliche Getränke.

- **Besuch auf dem Bauernmarkt**: Kaufe frisches Gemüse, Obst und handgemachte Produkte auf einem Bauernmarkt in der Nähe.

- **Herbstliches Spa-Erlebnis**: Verwöhne dich mit einem warmen Bad oder einer Massage mit herbstlichen Düften wie Zimt oder Vanille.

- **Leseabend mit Herbstbüchern**: Schnapp dir eine Tasse Tee oder Kakao und lies ein Buch.

Danksagung

Danke an euch, dass ihr Halloween genauso liebt und in dieser Zeit so aufblüht wie ich.

Danke an meinen Mann, der meine größte Inspiration ist- immer.

Danke an meine Mama, die mir die Liebe zu Büchern geschenkt hat.

Danke an meine Instagram-Mädels, dass sie genauso Halloween- & Weihnachtsverrückt sind wie ich. Danke für so viele schöne, tiefgründige Gespräche. Danke, dass es euch gibt.

Über mich

Ich bin Alina und schreibe aus Leidenschaft – ganz ohne Druck, einfach, weil es mir Freude macht. Besonders liebe ich Halloween und Weihnachten – zwei Zeiten im Jahr, die für mich voller Magie, Stimmung und Geschichten stecken.

Die Natur ist mein Rückzugsort. Dort finde ich Ruhe, neue Gedanken und oft auch die Ideen für meine Texte. Schreiben ist für mich ein kreatives Ventil, ein stiller Begleiter und eine Möglichkeit, meine Fantasie auszuleben – ganz ohne den Anspruch, perfekt zu sein. Nur echt. Nur ich.